Nicolas Grandjean

Sire Perceval et la Princesse du lac des Deux-Montagnes

© 2012 Nicolas Grandjean
Edition : BoD - Books on Demand
12/14 rond-point des Champs Elysées
75008 Paris
Imprimé par BoD – Books on Demand, Norderstedt, Allemagne
ISBN : 9782322025442
Dépôt légal : novembre 2014

Ce troisième livre des aventures du Roi Perceval
a été écrit en France pays dépositaire du Saint-Graal
en l'an de grâce deux mille douze

PROLOGUE

Après une très belle fête de fin d'année, le roi Perceval et le prince Nicolas des Iles d'Emeraude ont continué à parler de leurs expériences et de leurs vies. Il faut dire que le prince Nicolas des Iles d'Emeraude était très intéressé par ce que faisait le roi Perceval ; il voulait tout savoir sur sa famille, ses études, son adoubement et son voyage en Israël. Le roi Perceval et son ami, le prince Nicolas des Iles d'Emeraude, avaient beaucoup de choses à se dire.

Le voyage du roi Perceval en Nouvelle-France était son tout premier voyage diplomatique, en tant que roi du Saint-Graal, et l'an de grâce onze cent quatre-vingt-douze fut l'année la plus riche en nouveautés pour le roi Perceval.

Il découvrit un océan grâce à la caravelle de son frère, l'amiral Christian. Cette caravelle était munie d'un hublot à travers lequel on pouvait voir la faune et la flore sous-marines. Le roi Perceval découvrit des poulpes, des poissons, des mammifères marins...

A son arrivée en Nouvelle-France, à Mont-Royal, le roi Perceval fut très bien accueilli par les Néo-Français. Il fit la connaissance de la vice-reine de Nouvelle-France, la princesse Mirabel, puis il traversa la Nouvelle-France presque entièrement recouverte de forêts très denses, et rencontra plusieurs princes et princesses de Nouvelle-France, jeunes pour la plupart.

Le roi Perceval découvrit qu'en Nouvelle-France, les abbayes bénédictines, cartusiennes et cisterciennes accueillaient aussi des frères israélites, notamment l'abbaye cistercienne de Notre-Dame-du-Lac-des-

Saumons où il fit la connaissance du prince Nicolas des Iles d'Emeraude, ou l'abbaye cartusienne de Notre-Dame-du-Nid-de-la-Grouse où le prince Nicolas avait fait ses études de théologie.

Le prince Gabriel d'Assiniboinie révéla au roi Perceval la paléontologie en lui faisant visiter le parc préhistorique de Deloraine.

Le roi Perceval découvrit aussi l'existence de parcs sous-marins comme celui de l'île du Grand-Léviathan avec le prince Nicolas des Iles d'Emeraude et son frère et amiral, le prince Gille.

Après les fêtes de Noël et du nouvel an de grâce onze cent quatre-vingt-treize, passées dans la famille du prince Nicolas des Iles d'Emeraude, nous retrouvons nos deux sires lors de leur visite dans les différentes principautés de l'ouest de la Nouvelle-France.

Après quoi le roi Perceval reviendra vers l'est de la Nouvelle-France à la rencontre de dame Mirabel, vice-reine de Nouvelle-France, qui repartira avec lui vers la partie ancienne du royaume du Saint-Graal, l'épousera, et ira avec lui à Sorrente, en Italie, pour leur voyage de noces.

CHAPITRE I
Le roi Perceval et le prince Nicolas des Iles d'Emeraude quittent le château de Saint-Nicolas-du-Lac et se rendent à Saint-George en Alascanie, chez le prince Jérôme

Après quelques jours au château du prince Jean-Nicolas et de la princesse Suzanne, le roi Perceval et le prince Nicolas des Iles d'Emeraude quittèrent le château de Saint-Nicolas-du-Lac.

Le roi Perceval dit aux parents du prince Nicolas des Iles d'Emeraude :

- Je vous remercie de votre accueil et de votre générosité pour la fin de l'an de grâce onze cent quatre-vingt-douze. Votre fils et moi-même allons rendre visite aux princes du nord-ouest de la Nouvelle-France.

Le prince Jean-Nicolas répondit :

- Ce fut un très grand honneur et un grand plaisir de vous recevoir, sire Perceval. Soyez prudents, tous les deux, et faites attention aux ours et aux yetis.

Puis dame Suzanne dit à son tour :

- Mon fils, sois très prudent et prends bien soin de notre roi Perceval.

Puis les parents du prince Nicolas des Iles d'Emeraude les accompagnèrent vers la grande porte du château de Saint-Nicolas-du-Lac.

Le carrosse du prince Nicolas sortit de la ville et prit la route en direction du nord. En ce mois de janvier de l'an de grâce onze cent quatre-vingt-treize, il faisait très froid en Nouvelle-France, il y avait beaucoup de neige et les arbres des forêts offraient un spectacle féerique.

Il était environ midi lorsque les sires Nicolas et Perceval arrivèrent dans la Cité-des-Caribous, à l'est du lac de la Tranquillité qui était gelé. Ils s'arrêtèrent pour le repas de midi dans une petite auberge faite de grosses pierres et de troncs d'arbres, et qui donnait sur une rivière qui venait du nord de la Nouvelle-France et s'appelait la rivière Bleue.

Le roi Perceval prit une bonne soupe de pommes de terre et le prince Nicolas prit une soupe aux épinards. Puis ils prirent un dessert composé d'une tarte aux pruneaux.

Le roi Perceval demanda au prince Nicolas :

- Et maintenant, où allons-nous, sire Nicolas des Iles d'Emeraude ?

Le prince Nicolas répondit au roi Perceval :

- Nous allons maintenant chez le prince Jérôme d'Alascanie, et nous irons ensuite chez le prince Alexandre d'Athabascanie. As-tu aimé nos fêtes de Noël et celles du nouvel an dans notre château, sire Perceval ?

Le roi Perceval répondit au prince Nicolas :

- Oui, cette belle et grande fête de fin de l'an de grâce m'a beaucoup plu et j'ai aussi aimé votre fête de Noël. J'ai aussi été très heureux de faire la connaissance de ta famille. Maintenant je me réjouis beaucoup de rencontrer le prince Jérôme d'Alascanie. Il va aussi falloir que je songe à rentrer en Europe, car les Graaliens de la partie ancienne du royaume du Saint-Graal sont peut-être impatients de me revoir. A mon retour, à l'occasion de mon second discours du trône, j'ai l'intention de faire aussi une conférence sur mon voyage en Nouvelle-France.

Les sires Nicolas des Iles d'Emeraude et Perceval reprirent leur route vers un ermitage tenu par un tertiaire cistercien de Notre-Dame-du-Lac-des-Saumons qui s'appelait Jonathan.

Grâce aux pierres photoluminescentes rouges à l'arrière du carrosse et aux aigues-marines qui donnaient une couleur bleuâtre, les sires Nicolas des Iles d'Emeraude et Perceval pouvaient voyager de nuit car les nuits, au mois de janvier, tombaient vers trois ou quatre heures de l'après-midi. Le prince Nicolas avait fait mettre deux pépites de cuivre sur les côtés de son carrosse, en plus des grenats et des aigues-marines, afin de renforcer l'éclairage du carrosse. Son cheval s'appelait Paulain. C'était un beau cheval brun.

Enfin ils arrivèrent à l'ermitage qui se trouvait à quelques kilomètres de la petite ville de Saint-Guillaume, à côté d'un petit lac qui s'appelait aussi Saint-Guillaume. L'ermitage était une grande maison en troncs d'arbres et le prince Nicolas des Iles d'Emeraude frappa à la porte.

Un grand vieillard vint et leur dit :
- Bienvenue, sires !... Mais je vous connais ! Vous êtes le prince des Iles d'Emeraude ! J'étais votre professeur de rhétorique à l'abbaye bénédictine de Notre-Dame-de-la-Vallée-des-Miracles. J'ai quitté mon ministère de révérend professeur, et j'ai demandé à être admis dans le tiers-ordre comme tertiaire de l'abbaye de Notre-Dame-du-Lac-des-Saumons.

En effet, le prince Nicolas des Iles d'Emeraude avait eu le révérend Jonathan comme professeur de rhétorique à l'abbaye bénédictine de Notre-Dame-de-la-Vallée-des-Miracles

Le révérend professeur émérite Jonathan demanda au prince Nicolas qui était le jeune homme qui l'accompagnait, et le prince Nicolas lui répondit :
- Il s'appelle sire Perceval et il vient de très loin, de la partie ancienne du royaume du Saint-Graal. Il est notre roi, et il est venu nous rendre visite en Nouvelle-France.

Nous nous rendons en Alascanie voir le prince Jérôme, et je me réjouis de le revoir car je l'ai connu à l'époque où il était à l'abbaye bénédictine de Notre-Dame-du-Lac-des-Castors. Il avait passé un semestre à l'abbaye bénédictine de Notre-Dame-de-la-Vallée-des-Miracles qui reçoit des élèves de l'abbaye de Notre-Dame-du-Lac-des-Castors qui a été fondée par les bénédictins de l'abbaye de Notre-Dame-de-la-Vallée-des-Miracles cinquante ans après cette dernière. Les bénédictins de l'abbaye de Notre-Dame-de-la-Vallée-des-Miracles, eux, sont venus dans la principauté d'Alascanie en l'an de grâce onze cent trente-six.

Même en Nouvelle-France il arrivait que les abbayes bénédictines organisent des échanges d'élèves pendant un semestre, au cours de leur avant-dernière année d'études, vers l'âge de quinze ans.

Le révérend professeur émérite Jonathan dit au prince Nicolas des Iles d'Emeraude :

- Oui, je me souviens très bien de vous et de lui. Vous étiez de très bons élèves. Après son diplôme d'études fondamentales, à seize ans, il a pris la décision d'étudier la théologie dans un séminaire de formation de prêtres, à l'abbaye cistercienne de Notre-Dame-du-Lac-des-Carpes au nord de Saint-George, parallèlement à ses humanités à l'université de Saint-George. Oui, les jeunes étudiants en théologie au séminaire de formation de prêtres à l'abbaye cistercienne de Notre-Dame-du-Lac-des-Carpes ont aussi la possibilité de suivre des études à l'université de Saint-George. L'abbaye de Notre-Dame-du-Lac-des-Carpes est une abbaye cistercienne anachorétique. Elle a été fondée par des moines cisterciens qui ont repris le style de vie érémitique des moines cartusiens. Maintenant, expliquez-moi comment vous avez pu voyager en plein hiver, en plein froid, et en pleine nuit !

Le prince Nicolas répondit au professeur émérite Jonathan :

- Grâce aux pierres et pépites de cuivre photoluminescentes, nous avons fait un bon voyage et nous avons pu avancer dans la neige dans de bonnes conditions et dans un cadre féerique.

Le révérend professeur émérite Jonathan s'adressa alors au roi Perceval :

- Et vous, sire, racontez-moi qui vous êtes !

Le roi Perceval se présenta :

- Comme vous l'a dit sire Nicolas, je m'appelle Perceval et je suis le roi du royaume du Saint-Graal, qui comprend une partie ancienne, l'Europe, et une partie Nouvelle, la Nouvelle-France. J'ai été adoubé chevalier par le Roi Arthur, j'ai mis fin aux croisades et j'ai retrouvé le Vase sacré du Saint-Graal. A la suite de la découverte du Vase sacré, le Roi Arthur a décidé de créer un nouveau royaume et m'a couronné roi après avoir abdiqué. Je suis en en train de terminer mon premier voyage diplomatique à la découverte de la Nouvelle-France, car les Graaliens de la partie ancienne du royaume du Saint-Graal m'attendent.

Le révérend professeur émérite Jonathan leur dit :

- Le repas est prêt, avec une bonne soupe de pommes de terre et du pain grillé, et un bon dessert aux pommes. Après quoi, de belles chambres chauffées au feu de bois vous attendent pour la nuit.

Pendant le repas, le roi Perceval dit à sire Nicolas des Iles d'Emeraude et au professeur Jonathan :

- Ce qui m'a le plus plu dans mon odyssée en Nouvelle-France, ce sont les parcs préhistoriques, comme le parc de Deloraine où le prince Gabriel d'Assiniboinie m'a emmené, ou celui de l'île du Grand-Léviathan. Et c'est aussi la grande fête de Noël suivie de celle du nouvel an, passées au château de votre ancien élève, le prince Nicolas des Iles d'Emeraude.

Le prince Nicolas ajouta :

- Oui, nous avons passé une très belle fête de Noël et une belle fête pour célébrer le passage à la nouvelle année, dans un cadre enneigé qui nous offrait un spectacle féerique.

Le révérend professeur émérite Jonathan conduisit les sires Nicolas et Perceval à leurs chambres, avant de regagner la sienne.

Les chambres étaient simples mais confortables, avec un lit, une table, une chaise, et une table de chevet près du lit. Il y avait un grand chaudron de cuivre qui servait de baignoire et qui était chauffé au feu de bois, et les latrines étaient à côté de la salle du chaudron.

Le roi Perceval avait une chambre située à l'ouest, d'où il pouvait voir le mont Alexandre qui était recouvert de neige, et le prince Nicolas avait une chambre qui donnait à l'est et qui avait une vue sur une autre montagne enneigée qui s'appelait le mont Timothée.

Lorsque les sires Nicolas des Iles d'Emeraude et Perceval se levèrent, ils descendirent dans la salle à manger de l'ermitage. En les voyant, le professeur Jonathan leur demanda :

- Est-ce que la nuit a été bonne, sires Perceval et Nicolas ?

Ils lui répondirent :

- Oui, nous avons passé une très bonne nuit et nous vous remercions de tout notre cœur pour votre accueil.

Le prince Nicolas des Iles d'Emeraude ajouta :

- Pour moi ce fut un grand plaisir de vous revoir et de

parler avec vous, révérend professeur Jonathan.

Après un bon petit déjeuner, sire Nicolas des Iles d'Emeraude et le roi Perceval prirent congé du révérend professeur émérite et repartirent avec le carrosse du prince Nicolas et le cheval Paulain.

Le prince Nicolas des Iles d'Emeraude était très heureux et joyeux d'avoir revu son ancien professeur de rhétorique qu'il avait connu lorsqu'il était encore chez les moines bénédictins de l'abbaye de Notre-Dame-de-la-Vallée-des-Miracles. Pour lui, le révérend Jonathan était beaucoup plus qu'un révérend professeur ; c'était comme un second père ou un père spirituel pour le jeune prince Nicolas. Et l'abbaye bénédictine de Notre-Dame-de-la-Vallée-des-Miracles était pour lui sa seconde maison, tout comme l'abbaye cartusienne de Notre-Dame-du-Nid-de-la-Grouse où il avait passé cinq ans de sa vie de jeune homme préadulte entre seize et vingt et un ans.

Le roi Perceval, lui, commençait à être impatient de rentrer dans la partie ancienne du royaume du Saint-Graal, et les hivers étaient plus longs et plus rudes en Nouvelle-France que dans la partie ancienne du royaume du Saint-Graal, où dans certaines régions, notamment dans le sud de l'Italie ou de l'Espagne, le printemps commençait déjà à remplacer l'hiver.

CHAPITRE II
Le roi Perceval et le prince Nicolas des Iles d'Emeraude arrivent à Saint-George, capitale de la principauté d'Alascanie et sont reçus au château d'Alascanie par le prince Jérôme

Après avoir parcouru plusieurs kilomètres vers le nord, le prince Nicolas des Iles d'Emeraude et le roi Perceval s'arrêtèrent pour le repas de midi dans l'auberge d'une petite ville appelée Sainte-Marguerite. Sire Perceval prit une soupe aux épinards et sire Nicolas une soupe aux tomates.

Pendant le repas, le prince Nicolas dit au roi Perceval :
- Tu vois, sire Perceval, j'ai eu le professeur Jonathan comme professeur de rhétorique à l'abbaye bénédictine de Notre-Dame-de-la-Vallée-des-Miracles. Il était strict sur la discipline, mais très ouvert et chaleureux, et il m'a beaucoup soutenu dans mes études fondamentales. Et grâce à lui, j'ai pu envisager des études de théologie chez les moines cartusiens de l'abbaye de Notre-Dame-du-Nid-de-la-Grouse.

Le roi Perceval dit alors au prince Nicolas :
- Moi aussi, j'ai eu un bon professeur, le supérieur de l'abbaye bénédictine de Mouthier-Royal, qui s'appelait père Gérard. Il est aussi mon père spirituel et grâce à lui j'ai pu devenir tertiaire de l'abbaye bénédictine de Mouthier-Royal, qui vient d'ouvrir un séminaire de formation de prêtres. Ainsi ces jeunes gens préadultes serviront-ils de modèles de référence aux jeunes élèves qui sont parfois très turbulents. Comment s'est déroulé ton noviciat de tertiaire, sire Nicolas ?

Le prince Nicolas des Iles d'Emeraude répondit au roi Perceval :

- Mon noviciat de tertiaire s'est déroulé sous la forme d'une série de retraites plus ou moins prolongées avec le révérend Daniel qui a aussi été pour moi un père spirituel. Je me rendais à l'abbaye cistercienne de-Notre-Dame-du-Lac-des-Saumons pendant mes vacances universitaires, entre seize et vingt-et-un ans, en plus de mon apprentissage de bûcheron chez les moines cartusiens de Notre-Dame-du-Nid-de-la-Grouse. L'abbaye de Notre-Dame-du-Lac-des-Saumons a été fondée en l'an de grâce onze cent soixante-trois par les moines cisterciens de Notre-Dame-du-Lac qui se trouve dans la principauté du Lac-des-Deux-Montagnes, au nord de Mont-Royal. L'abbaye cistercienne de Notre-Dame-du-Lac a été fondée en l'an mille quatre-vingt-un. Car les moines cisterciens, eux aussi, sont venus peupler la Nouvelle-France, et les moines cisterciens de l'abbaye de Notre-Dame-du-Lac sont venus de l'abbaye cistercienne de Notre-Dame-de-Belle-Fontaine, dans le duché de Bretagne.

Le roi Perceval dit alors au prince Nicolas des Iles d'Emeraude :

- Ce que je viens d'entendre sur ton noviciat de tertiaire est vraiment une histoire extraordinaire, et je suis très heureux d'apprendre que les moines cisterciens de Notre-Dame-de-Belle-Fontaine sont venus jusqu'en Nouvelle-France. Je connais bien l'abbaye cistercienne de Notre-Dame-de-Belle-Fontaine, car je m'y rendais souvent en retraite, durant la dernière année de mes études fondamentales, avec le père Gérard. Et mon frère Gabriel qui est aussi prêtre y va assez souvent. Maintenant je souhaiterais savoir si la route est encore longue jusqu'à Saint-George, en Alascanie, sire Nicolas ?

Puis le prince Nicolas dit au roi Perceval :

- Oui, elle est encore assez longue. Nous arriverons vers la soirée ou la nuit, mais grâce aux pierres photoluminescentes et aux deux pépites de cuivre, nous pourrons voyager en pleine nuit, car les nuits tombent très vite en Nouvelle-France, en plein mois de janvier.

Et ils reprirent la route en direction de Saint-George où ils arrivèrent dans la soirée.

Saint-George était une ville avec des maisons en pierres et certaines étaient construites en troncs d'arbres. Saint-George était éclairée par des pépites de cuivres photoluminescentes qui donnaient une très belle couleur rose-orangée, qui rappelait la lumière du lever et du coucher du soleil.

Le prince Jérôme vivait dans un immense château carré avec de gros donjons octogonaux, de la même architecture que le château octogonal de la Forêt Mystérieuse.

Le prince Jérôme venait d'avoir vingt-et-un ans et avait fait des études de théologie chez les moines cisterciens anachorétiques de l'abbaye de Notre-Dame-du-Lac-des-Carpes, parallèlement à ses humanités à l'université de Saint-George. Et entre six et seize ans, le prince Jérôme d'Alascanie avait fait ses études fondamentales à l'abbaye bénédictine de Notre-Dame-du-Lac-des-Castors. Il était tout à fait possible de combiner études universitaires, formation de prêtre et apprentissage d'un métier manuel. Lorsqu'il était chez les moines cisterciens de Notre-Dame-du-Lac-des-Carpes, le prince Jérôme avait un père spirituel qui s'appelait révérend Pacôme.

Le roi Perceval et le prince Nicolas des Iles d'Emeraude frappèrent à la grande porte du château, après que le prince Nicolas eût soufflé dans sa corne pour signaler son arrivée. La grande grille se leva, la grande porte s'ouvrit et un jeune homme accueillit le roi Perceval et le prince Nicolas sur le parvis enneigé du château en leur disant :

- Bonsoir sire Nicolas des Iles d'Emeraude et sire Perceval, notre roi. Soyez les bienvenus. Avez-vous fait un bon voyage malgré cet hiver froid, long et sombre ?

Le prince Nicolas des Iles d'Emeraude dit au prince Jérôme d'Alascanie - car c'était lui :

- Oui, nous avons fait un grand et bon voyage, et surtout un beau voyage. Grâce aux pierres et pépites photoluminescentes, nous avons pu braver le froid et la nuit, et la lumière des pierres photoluminescentes nous a offert un spectacle grandiose sur la neige.

Le prince Jérôme dit :

- Entrez donc et soyez les bienvenus chez nous, dans notre château.

Puis le prince Jérôme d'Alascanie les fit conduire dans le grand salon du château qui était à côté de la salle à manger, et leur dit :

- Racontez-moi comment s'est passé votre voyage, par cet hiver froid, par ces nuits sombres et longues, et dans cette neige épaisse.

Le prince Nicolas des Iles d'Emeraude dit au prince Jérôme d'Alascanie :

- Nous avons fait un arrêt à Saint-Guillaume-du-Lac où nous avons rencontré le révérend professeur Jonathan qui est devenu tertiaire de Notre-Dame-du-Lac-des-Saumons et qui te salue. Il se souvient très bien de toi et il aimerait beaucoup te revoir. Comme je te l'avais annoncé, me voilà avec le roi Perceval qui est venu nous rendre visite en Nouvelle-France.

Le prince Jérôme était un grand jeune homme aux longs cheveux blond foncé, qui paraissait beaucoup plus jeune que son âge. Il avait un frère de vingt-cinq ans qui s'appelait Roland. Un autre de ses frères qui s'appelait Adrien et venait d'avoir trente ans, était moine prêtre à l'abbaye cistercienne anachorétique de Notre-Dame-du-Lac-des-Carpes. Son plus jeune frère qui s'appelait Julien, était encore aux études fondamentales chez les moines bénédictins de l'abbaye de Notre-Dame-du-Lac-des-Castors. Il avait aussi une sœur qui venait de faire sa confirmation et son diplôme d'études fondamentales et qui avait seize ans, une petite sœur de dix ans, qui s'appelait Delphine et qui était chez les sœurs bénédictines de l'abbaye de Notre-Dame-de-l'Aigle, et une autre sœur, âgée de dix-huit ans, qui s'appelait Aline et étudiait les humanités à l'université de Saint-George.

Le prince Jérôme venait d'être couronné prince régnant sur la principauté d'Alascanie, car son père, qui s'appelait sire George et venait d'avoir soixante-dix ans, avait pris la décision d'abdiquer en faveur de son fils Jérôme.

Le prince Roland n'avait pas souhaité devenir prince régnant car il était prêtre diocésain et songeait à devenir évêque de la principauté d'Alascanie. Il avait étudié la théologie sans songer à devenir prêtre immédiatement, et entre vingt-et-un ans et vingt-cinq ans il était devenu simple clerc à l'évêché de Saint-George.

Le plus jeune frère du prince Jérôme d'Alascanie, Julien, n'avait pas encore d'idée sur ce qu'il allait devenir après son diplôme d'études fondamentales.

L'heure du repas sonna et le prince Jérôme convia le roi Perceval et le prince Nicolas à se rendre dans la salle à manger.

Pus vinrent les parents du prince Jérôme, sire George et dame Valérie, qui lui dirent :

- Bonsoir mon fils, sire Jérôme d'Alascanie, nous sommes contents de te voir.

Le prince Jérôme d'Alascanie leur dit :

- Bonsoir, chers parents. Je vous présente sire Nicolas des Iles d'Emeraude, et sire Perceval, notre roi du Saint-Graal, qui est venu de très loin pour nous rendre visite en Nouvelle-France.

Le prince émérite George d'Alascanie dit :

- Mais je vous connais, sire Perceval ! J'étais à votre couronnement au mois de mai onze cent quatre-vingt-dix. Et je connais vos parents. C'est une grande joie pour nous de vous avoir comme roi du royaume du Saint-Graal.

Le prince Jérôme dit à ses parents :

- Quant au prince Nicolas des Iles d'Emeraude, c'est mon ami d'enfance. Il fait un voyage dans les principautés de l'ouest de la Nouvelle-France.

Le prince George leur déclara :

- Venez, sires. Le repas est maintenant prêt.

Pendant le repas, le roi Perceval dit au prince George :

- Je suis touché et heureux de savoir que vous êtes venu de si loin pour assister à mon couronnement ! Racontez-moi comment s'est alors déroulé votre voyage jusqu'en Europe, et votre retour en Nouvelle-France ?

Et le prince George raconta :

- Notre voyage jusqu'en Europe s'est très bien déroulé, nous avons pris notre carrosse jusqu'à la Cité-des-Caribous et de là nous avons pris la diligence jusqu'à Mont-Royal, après avoir confié notre carrosse et notre jument Jeane à notre cocher qui les a ramenés à notre château de Saint-George. Nous nous sommes arrêtés à Eau Claire, à Saint-Boniface et à la Cité-du-Val-d'Or avant de prendre une caravelle qui a mis dix jours pour traverser l'océan Atlantique et arriver à Cherbourg où nous avons pris une diligence conduite par un évêque, ce qui est rare en France. Cet évêque a eu la gentillesse de nous déposer au château de la Forêt Mystérieuse. Un second miracle s'est produit pour le retour car le père abbé de Clairvaux qui devait se rendre à Paris a accepté de nous y conduire. Et une fois à Paris, c'est le duc de Normandie, qui était en visite à Paris, qui a bien voulu nous ramener à Cherbourg. Nous avons mis de nouveau dix jours pour retraverser l'océan Atlantique. Nous avons rendu visite à la princesse Mirabel, vice-reine de Nouvelle-France, à la Cité-du-Lac-des-Deux-Montagnes, et au prince Gabriel d'Assiniboinie à Saint-Boniface. Enfin, nous avons rendu visite à la princesse Alice d'Albertinie, avant de revenir à Saint-George où notre fils ainé, le prince Roland qui m'avait remplacé pendant mon absence est venu nous accueillir à la Cité-des-Caribous.

Le roi Perceval dit pendant le repas :

- Je suis heureux qu'un prince de Nouvelle-France se souvienne très bien de mon couronnement et qu'il garde de moi un très bon souvenir. Je suis aussi heureux de me trouver en Nouvelle-France et j'espère revenir aussi souvent que possible durant mon règne.

Le prince Nicolas des Iles d'Emeraude ajouta :

- Notre roi Perceval a pu découvrir des parcs paléontologiques ou préhistoriques durant son odyssée en Nouvelle-France. Je l'ai emmené à l'île du Grand-Léviathan tout près de l'île nord des Iles d'Emeraude, après une retraite à l'abbaye cartusienne de Notre-Dame-du-Nid-de-la-Grouse. Je l'ai aussi emmené voir l'université de Fort-Saint-Jean-Baptiste. Et je l'ai emmené dans notre château de Saint-Nicolas-du-Lac pour passer les fêtes de fin d'année. Pour en revenir aux animaux préhistoriques, les léviathans étaient d'énormes mammifères marins qui étaient les ancêtres des lamantins. Nous avons aussi vu le squelette d'une énorme tortue de mer préhistorique.

Le prince Jérôme dit à son tour :

- J'emmènerai mon ami d'enfance, le prince Nicolas des Iles d'Emeraude, et notre roi Perceval voir des peintures rupestres dans une caverne où des hommes ont peint des dessins sur une paroi, et que j'ai vues pendant mes vacances universitaires. Ces dessins peints sur de la pierre représentent la vie des hommes des cavernes à l'époque préhistorique. On peut voir une scène autour d'un feu, une autre scène qui représente des animaux et encore une autre scène où l'on voit des hommes admirer la Lune.

Le roi Perceval confirma :

- Oui, j'aimerais voir les peintures rupestres et avoir une idée de ce qu'étaient les hommes des cavernes.

Et le prince Jérôme d'Alascanie dit :

- Il y a aussi des yetis, qui sont de très grands gorilles qui vivent dans le nord de l'Alascanie. Les yetis sont très populaires en Nouvelle-France, tout comme les lynx ou les ours polaires. Les civilisations anciennes qui vivaient en Nouvelle-France avant l'an mille ont fui les hivers très froids pour se réfugier dans le pays inconnu. Ici, voilà cent mille ans, il régnait toute l'année un climat chaud : il faisait très chaud en été et doux en hiver. Peu à peu, ce climat chaud a disparu et les premières civilisations ont fui vers l'actuel pays inconnu. Les habitants du pays inconnu s'appellent les Incas. Ils vénèrent les animaux. A côté des Incas qui sont dans la partie ouest du pays inconnu, il y a les Cajuns qui vivent dans la partie centrale et à l'est du pays inconnu. Ils forment des tribus. Mais il ne faut surtout pas franchir la grande muraille qui les séparent de nous qui vivons en Nouvelle-France. Mais peut-être qu'un jour le chef des Cajuns et celui des Incas viendront rendre visite à notre roi Perceval en Europe. Et puis il y a aussi une autre civilisation ancienne qui existe encore. Ce sont les Esquimaux, qui vivent, eux, très au nord de la Nouvelle-France.

Le roi Perceval dit :

- Je pense qu'un jour, nous arriverons à avoir des relations diplomatiques avec les Incas et les Cajuns, ainsi qu'avec les autres tribus du pays inconnu. Je l'espère, et je souhaite pouvoir un jour conclure un traité d'association, sans pour autant vouloir l'intégration du pays inconnu dans le royaume du Saint-Graal. En effet, les Incas et les Cajuns ne souhaiteront probablement pas faire partie du royaume du Saint-Graal, car ils sont très différents de nous et préfèreront qu'on les laisse gouverner leurs territoires respectifs à leur guise. Mais si le chef des Incas ou celui des Cajuns décidait de venir en Europe, dans la partie ancienne du royaume du Saint-Graal, je l'accueillerais à bras ouverts dans mon château de la Forêt Mystérieuse, et avec grande diplomatie.

Puis le roi Perceval ajouta :

- Pourra-t-on voir des yetis en Alascanie ? J'aimerais beaucoup en voir durant mon voyage en Nouvelle-France.

Le prince Jérôme répondit :

- Je ne crois pas, mais peut-être qu'avec un peu de chance, oui. Les yetis sont plutôt des animaux qui vivent en été et dorment en hiver. Il ne faut jamais s'approcher d'eux car ce sont des animaux très craintifs. La dernière fois que j'en ai vu un, c'était lors d'une course d'université, lorsque j'étais en deuxième ou en troisième année universitaire durant le semestre d'été au séminaire de formation de prêtres à l'abbaye cistercienne de Notre-Darne-du-Lac-des-Carpes. Car, comme vous le savez, il est assez courant de faire le semestre d'hiver à l'université et de faire l'autre semestre dans le séminaire de formation de prêtres à l'abbaye cistercienne de Notre-Darne-du-Lac-des-Carpes pour ce qui concerne les étudiants en théologie. Et bien sûr les élèves de l'école fondamentale de l'abbaye bénédictine de Notre-Dame-de-la-Vallée-des-Miracles pouvaient passer un semestre ou deux en été à l'abbaye bénédictine de Notre-Dame-du-Lac-des-Castors. En parallèle à mes études de théologie, j'ai fait un apprentissage de bûcheron dans le château de mon père le prince George et chez les moines cisterciens anachorétiques de l'abbaye de Notre-Darne-du-Lac-des-Carpes.

Le prince Jérôme d'Alascanie était un jeune homme qui s'intéressait particulièrement aux civilisations anciennes. Il se passionnait aussi pour la géographie, et lorsqu'il était élève chez les moines bénédictins de l'abbaye de Notre-Dame-du-Lac-des-Castors, il aimait regarder les cartes de géographie de la Nouvelle-France.

Durant son semestre à l'abbaye bénédictine de Notre-Dame-de-la-Vallée-des-Miracles, le prince Jérôme d'Alascanie aimait beaucoup contempler la montagne enneigée qui se trouvait au sud de la grande muraille qui séparait le pays inconnu de la Nouvelle-France. Le prince Jérôme d'Alascanie, le prince Nicolas des Iles d'Emeraude, leurs camarades d'études fondamentales et leurs révérends professeurs allaient très souvent en course d'école vers le grand mur de séparation dans un petit parc qui s'appelait la Baie de l'Erable, et quelquefois les moines bénédictins les emmenaient dans une petite ville qui s'appelle la Cité-de-la-Pierre-Blanche où passait aussi le grand mur de séparation.

Le prince Nicolas dit alors :

- Je me souviens très bien de cette course d'école, durant mon avant-dernière année d'études fondamentales, avec les moines professeurs qui nous avaient emmenés à la Cité-de-la-Pierre-Blanche où nous avions vu le mur de séparation entre le pays inconnu et la Nouvelle-France. Moi-même j'étais impressionné de voir cet énorme mur de séparation. J'espère qu'un jour le chef des Incas ira voir notre roi Perceval en Europe.

Le prince George d'Alascanie déclara :

- Je suis content de voir ces jeunes princes s'intéresser à la préhistoire et aux civilisations anciennes. Moi aussi j'aimerais découvrir l'île du Grand-Léviathan qui se trouve dans l'île nord des Iles d'Emeraude.

Le prince Jérôme d'Alascanie dit au prince Nicolas des Iles d'Emeraude et au roi Perceval :

- Demain, je vous emmènerai visiter la petite ville de Saint-George, et dans l'après-midi nous irons avec mon carrosse voir la caverne qui se trouve près de l'abbaye cistercienne de Notre-Dame-du-Lac-des-Carpes où nous passerons deux ou trois jours de retraite.

Le roi Perceval dit au prince Jérôme d'Alascanie :

- Je me réjouis de découvrir cette caverne rupestre, et aussi de connaître cette abbaye dans laquelle les moines cisterciens ont repris le style de vie anachorétique des cartusiens. J'ai déjà découvert deux abbayes bénédictines anachorétiques durant mon voyage en Nouvelle-France, dans la principauté d'Albertinie, celle de Notre-Dame-du-Lac-des-Pigeons, et celle de Notre-Dame-de-Saint-Delacour où le frère de la princesse Alice d'Albertinie, le prince Eugène-Daniel, a étudié la théologie.

Après le repas, la famille du prince Jérôme d'Alascanie, le prince Nicolas des Iles d'Emeraude et le roi Perceval allèrent se coucher, après une brève messe célébrée par le prince Roland dans la chapelle du château.

La chambre du roi Perceval était magnifiquement décorée, avec un grand lit à baldaquin garni de draps en soie violette portant les armoiries de la famille princière, de couleur jaune d'or. Au centre de la chambre, il y avait une belle table. Et dans une magnifique salle de bains se trouvait un bassin dans lequel coulait de l'eau.

La chambre du prince Nicolas était aussi magnifiquement décorée avec un lit à baldaquin, des draps de couleur bleu azur avec les armoiries de la famille princière de couleur argentée, et également une salle de bains.

CHAPITRE III
Le prince Jérôme d'Alascanie fait découvrir une caverne avec des peintures rupestres datant de l'époque de la préhistoire au sire Nicolas des Iles d'Emeraude et au roi Perceval

Au matin, le roi Perceval et le prince Nicolas des Iles d'Emeraude se réveillèrent et descendirent dans la grande salle à manger. Les fenêtres du château du prince Jérôme d'Alascanie avaient la forme d'une ogive et certaines fenêtres étaient faites de petites alvéoles comme dans une ruche d'abeilles, un peu comme certains châteaux de la partie ancienne du royaume du Saint-Graal.

Les princes Nicolas des Iles d'Emeraude et Jérôme d'Alascanie ainsi que le roi Perceval prirent leur petit déjeuner en compagnie des parents du prince Jérôme, le prince George et la princesse Valérie.

Le prince Jérôme dit au prince Nicolas et au roi Perceval :

- Bonjour sires Nicolas et Perceval, comment avez-vous dormi ?

Le roi Perceval répondit au prince Jérôme d'Alascanie :

- J'ai très bien dormi et la nuit a été très bonne.

Et le prince Nicolas des Iles d'Emeraude dit à son tour :

- J'ai aussi très bien dormi et il fait un soleil magnifique. J'ai vu la forêt de votre château recouverte de neige, comme dans un conte de fées. Ce spectacle était vraiment magnifique. Merci pour cette soirée que nous avons passée avec vous hier et merci pour cet accueil.

Le prince Jérôme d'Alascanie dit au prince Nicolas et

au roi Perceval :

- Après le petit déjeuner, je vous emmènerai visiter la petite ville de Saint-George. Puis nous reviendrons ici pour le repas de midi, et cet après-midi je vous emmènerai chez les moines cisterciens anachorétiques de l'abbaye de Notre-Darne-du-Lac-des-Carpes, où j'ai fait une partie de mes études universitaires et mon apprentissage de bûcheron. Et nous irons à la caverne des peintures rupestres qui se trouve près de l'abbaye de Notre-Dame-du-Lac-des-Carpes.

Il y avait aussi un tout jeune prince, Julien, qui avait de longs cheveux blonds, légèrement ondulés.

Le prince Jérôme dit au prince Nicolas des Iles d'Emeraude et au roi Perceval :

- Je vous présente mon petit frère, le prince Julien. Il a treize ans et il est encore à l'école fondamentale à l'abbaye bénédictine de Notre-Dame-du-Lac-des-Castors. Julien, dis-leur bonjour !

Le jeune prince dit avec sa douce voix enfantine :

- Bonjour sires. Je suis le petit frère du prince Jérôme qui règne sur la principauté d'Alascanie.

Le prince Jérôme dit à son petit frère, le prince Julien :

- Tu vois, c'est le prince Nicolas des Iles d'Emeraude qui est accompagné du roi Perceval, qui règne sur cet immense royaume qui s'appelle le royaume du Saint-Graal et qui comprend l'Europe entière et la Nouvelle-France. Maintenant, finis ton petit déjeuner et sois sage. Je dois m'occuper de mes hôtes, car notre roi Perceval nous quittera bientôt pour rentrer en Europe. Je te verrai plus tard, Julien.

Une fois terminé le petit déjeuner, le prince Jérôme emmena le prince Nicolas et le roi Perceval dans la petite ville de Saint-George.

Saint-George était la capitale de la principauté d'Alascanie qui était une très grande principauté de plus de mille kilomètres de long et mille à mille cinq cents kilomètres de large. Le prince Jérôme devait parcourir de très longues distances avec son carrosse et sa jument blanche, qui s'appelait Rose-Blanche.

Saint-George était une petite ville avec sa cathédrale, ses maisons en pierres et en troncs d'arbres, et son jardin zoologique qui était au bord de la rivière Simon. Le château du prince était également situé au bord de la rivière Simon.

Le prince Jérôme commença la visite par la petite réserve naturelle qui était entièrement recouverte de neige.

Il dit au prince Nicolas et au roi Perceval :

- Comme vous pouvez le voir, c'est une petite réserve naturelle où poussent des platanes, des peupliers, des cèdres et des sapins, Il y a aussi des oies sauvages et des canards, plus rarement des cygnes, qui pondent leurs œufs sur les petites îles que vous voyez en face.

Puis sire Jérôme d'Alascanie emmena le prince Nicolas des Iles d'Emeraude et le roi Perceval dans le petit jardin zoologique, où ils purent observer des ours polaires, des phoques, des lynx et des coyotes, et aussi des castors.

Ils se rendirent ensuite à l'université de Saint-George.

Le prince Jérôme d'Alascanie dit au prince Nicolas des Iles d'Emeraude et au roi Perceval :

- Nous sommes ici à l'université de Saint-George. Les jeunes gens viennent de toute la principauté d'Alascanie mais il y a aussi des petites universités à Saint-Juneau et à la Cité-du-Cheval Blanc. Saint-Juneau est une petite ville qui se trouve à l'ouest de la principauté d'Alascanie, au bord de la mer. Les jeunes gens peuvent étudier les humanités, la théologie, l'histoire, le droit, la préhistoire et les sciences médicinales, pour soigner les malades. Les hôtels-Dieu sont des établissements où l'on se fait soigner et où les enfants naissent. Il y a un hôtel-Dieu dans chaque ville importante. Mais les jeunes gens préadultes peuvent aussi étudier la théologie et la philosophie dans les séminaires de formation de prêtres comme à l'abbaye cistercienne de Notre-Dame-du-Lac-des-Carpes où je vous emmènerai cet après-midi. Les études universitaires durent cinq ans comme dans toutes les autres principautés de Nouvelle-France et dans tout le reste du royaume du Saint-Graal, et l'on y entre à seize ans, après les études fondamentales qui durent dix ans, entre six et seize ans.

Après la visite de l'université de Saint-George, le prince Jérôme d'Alascanie décida d'emmener le prince Nicolas des Iles d'Emeraude et le roi Perceval voir la synagogue et la cathédrale. Le prince Jérôme d'Alascanie commença par la visite de la synagogue. Il alla à la rencontre du grand prêtre israélite de la principauté d'Alascanie qui s'appelait Ismaël. C'était un homme chauve avec une barbe grisonnante. Il avait une soixantaine d'années, et il avait une kippa sur la tête.

Le prince Jérôme dit au grand prêtre Ismaël :

- Bonjour, grand prêtre Ismaël. Je fais visiter la synagogue à mon ami d'enfance, le prince Nicolas des Iles d'Emeraude qui est accompagné de sire Perceval, notre roi qui règne sur tout le royaume du Saint-Graal. Le royaume du Saint-Graal va de la Prusse jusqu'aux Iles d'Emeraude, en passant bien sûr par la France, l'Italie et l'Angleterre qui forment la partie ancienne du royaume du Saint-Graal, la partie nouvelle du royaume du Saint-Graal étant la Nouvelle-France qui va de Mont-Royal jusqu'à la principauté des Iles d'Emeraude.

Le roi Perceval dit au grand prêtre Ismaël :

- Bonjour, je suis enchanté de faire votre connaissance. Je suis en voyage diplomatique à travers la Nouvelle-France. Avec mon ami, le prince Nicolas des Iles d'Emeraude, nous visitons la principauté d'Alascanie et les principautés de l'ouest et du nord de la Nouvelle-France, car nous irons aussi rendre visite au prince Alexandre d'Athabascanie.

Après leur avoir fait visiter la synagogue, le prince Jérôme leur montra la cathédrale de Saint-George. Et comme une messe allait commencer, le roi Perceval et les princes Jérôme d'Alascanie et Nicolas des Iles d'Emeraude prirent place dans l'église pour y assister.

Une fois la messe terminée, le prince Jérôme présenta le prince Nicolas des Iles d'Emeraude et le roi Perceval à Monseigneur René, évêque de la principauté d'Alascanie. Le prince Jérôme d'Alascanie connaissait très bien Monseigneur René car il l'avait eu comme professeur de morale et d'histoire quand il était au séminaire de l'abbaye cistercienne de Notre-Dame-du-lac-des-Carpes.

Il lui dit :

- Monseigneur René, je vous présente le prince Nicolas des Iles d'Emeraude, mon ami d'enfance, qui est accompagné par notre roi Perceval qui règne sur le royaume du Saint-Graal qui s'étend de l'Europe à la principauté des Iles d'Emeraude, en Nouvelle-France. Je suis très content de vous revoir. Comment allez-vous ?

Monseigneur René dit au prince Jérôme, son ancien étudiant, au prince Nicolas des Iles d'Emeraude et au roi Perceval :

- Je vais très bien, je suis enchanté de faire votre connaissance, sire Nicolas des Iles d'Emeraude et sire

Perceval.

Le prince Jérôme d'Alascanie dit à Monseigneur René :

- Cet après-midi, je veux emmener le prince Nicolas des Iles d'Emeraude et le roi Perceval à l'abbaye cistercienne de Notre-Dame-du-Lac-des-Carpes, et demain je les emmènerai voir la caverne aux peintures rupestres.

Monseigneur René leur dit :

- Je dois aussi me rendre à l'abbaye de Notre-Dame-du-Lac-des-Carpes pour célébrer la messe de l'Epiphanie, dans deux jours. Je suis tertiaire de cette abbaye.

Le prince Jérôme dit à Monseigneur René :

- Moi aussi je suis tertiaire, mais à l'abbaye bénédictine de Notre-Dame-du-Lac-des-Castors, où j'ai fait mes études fondamentales.

Puis les princes Jérôme et Nicolas et le roi Perceval saluèrent Monseigneur René et quittèrent la cathédrale de Saint-George pour rentrer au château du prince Jérôme où ils furent très contents d'être au chaud, avec un bon feu de bois dans la cheminée de l'immense salon.

Le prince Jérôme vit son frère aîné, le prince Roland, s'approcher d'eux, et il lui dit :

- Sire Roland, je te présente le prince Nicolas des Iles d'Emeraude et le roi Perceval, qui règne sur le royaume du Saint-Graal. Il est venu de très loin pour nous rendre visite. Comment-vas-tu ?

Sire Roland répondit à son frère, le prince Jérôme :

- Je vais très bien, ma retraite de nouvel an s'est très bien passée. Je suis enchanté de faire votre connaissance, sire Nicolas des Iles d'Emeraude et sire Perceval, notre roi.

Sire Roland avait, lui aussi, de longs cheveux blonds,

mais plus foncés que les cheveux du prince Jérôme d'Alascanie. Il avait vingt-cinq ans, le même âge que le prince Nicolas et le roi Perceval, et paraissait plus jeune que son âge.

Puis les princes Jérôme d'Alascanie, Roland, Nicolas des Iles d'Emeraude et le roi Perceval prirent un très bon repas, en compagnie des parents des prince Jérôme et Roland, le prince George et la princesse Valérie. Le repas de midi était composé de poulet, de riz, de laitue avec comme entrée une soupe aux tomates et aux carottes, et pour finir, un dessert aux mûres, framboises et fraises. Dehors il faisait un temps magnifique et le décor se présentait comme un conte de fées avec des arbres pleins de neige et un ciel bleu azur qu'on pouvait admirer à travers les très grandes fenêtres en forme d'ogive, comme dans les cathédrales et les très grandes églises.

Après le repas, le roi Perceval dit au prince George et à la princesse Valérie :

- Je vous remercie de nous avoir accueillis si chaleureusement dans votre très beau château et je suis très content et très heureux que vous vous soyez souvenus de mon couronnement. J'espère vous revoir bientôt car je compte bien revenir en Nouvelle-France.

Puis le prince Jérôme prépara son carrosse avec Rose-Blanche, sa jument, et le prince Nicolas reprit le sien avec Paulain, son cheval.

Les parents du prince Jérôme d'Alascanie dirent au revoir à leur fils et à son ami d'enfance, le prince Nicolas des Iles d'Emeraude, ainsi qu'au roi Perceval et ils regardèrent partir les carrosses en direction du nord.

Le voyage entre Saint-George et l'abbaye cistercienne anachorétique de Notre-Dame-du-Lac-des-Carpes leur prit quatre heures et les princes Jérôme d'Alascanie,

Nicolas des Iles d'Emeraude et le roi Perceval arrivèrent devant la grande porte de l'abbaye cistercienne anachorétique où le prince Jérôme frappa, après avoir soufflé dans sa corne. Le père abbé qui était aussi père hôtelier arriva. Il s'appelait révérend père abbé Maximilien-Guillaume. C'était un homme d'une soixantaine d'années, de taille moyenne, avec une petite barbe grisonnante, et il était chauve. C'était aussi le supérieur du séminaire de formation de prêtres et il enseignait l'histoire, la patristique et l'histoire juive.

L'abbaye cistercienne abritait aussi des frères israélites qui avaient leur synagogue à côté de l'église. Ils avaient quelquefois des offices communs avec les moines chrétiens.

Le père abbé Maximilien-Guillaume dit aux princes Jérôme, Nicolas des Iles d'Emeraude et au roi Perceval :

- Bonsoir, soyez les bienvenus dans notre abbaye cistercienne anachorétique de Notre-Dame-du-Lac-des-Carpes... Mais je vous connais ! Vous êtes sire Jérôme d'Alascanie, notre ancien séminariste qui est devenu notre prince régnant, frère du prince Roland qui est notre tertiaire.

Le prince Jérôme dit au révérend père abbé Maximilien-Guillaume :

- Je suis heureux de vous revoir et de me retrouver dans l'univers de mes études de théologie et celui de mon apprentissage de bûcheron. Je vous présente le prince Nicolas des Iles d'Emeraude, mon ami d'enfance qui est accompagné de notre roi qui s'appelle sire Perceval. C'est lui qui règne sur notre immense royaume qui s'appelle le royaume du Saint-Graal.

Le révérend père abbé Maximilien-Guillaume dit au prince Nicolas des Iles d'Emeraude et au roi Perceval :

- Je suis enchanté de faire votre connaissance et de faire la connaissance de notre roi Perceval. Vous aurez trois chambres dans l'hôtellerie. Les vêpres ne vont pas tarder. A bientôt.

Les princes Jérôme et Nicolas et le roi Perceval se rendirent dans l'église pour les vêpres puis prirent leur repas dans la salle à manger des hôtes.

Les chambres de l'hôtellerie étaient petites mais très confortables. Les deux princes Jérôme d'Alascanie et Nicolas des Iles d'Emeraude et le roi Perceval avaient leurs chambres les unes à côté des autres. Elles donnaient sur le jardin qui séparait l'abbaye des bâtiments qui composaient le séminaire de formation de prêtres.

Le prince Jérôme dit au prince Nicolas des Iles d'Emeraude et au roi Perceval :

- Bonne nuit. Demain, je vous emmènerai voir la caverne aux peintures rupestres. Faites de beaux rêves !

Le lendemain matin, les princes Jérôme d'Alascanie et Nicolas des Iles d'Emeraude, et le roi Perceval se levèrent et prirent leur petit déjeuner, composé de pain grillé au feu de bois, de beurre et d'une tasse de thé.

Le prince Jérôme dit au père abbé Maximilien-Guillaume :

- Bonjour, mon révérend père abbé. Aujourd'hui, je vais emmener le prince Nicolas des Iles d'Emeraude et notre roi Perceval voir la caverne aux peintures rupestres. Nous serons de retour à midi.

Le père abbé Maximilien-Guillaume leur dit :

- Soyez très prudents, sires Jérôme d'Alascanie, Nicolas des Iles d'Emeraude et Perceval. Il faut faire très attention aux yetis. Que Dieu vous protège et vous bénisse.

La caverne aux peintures rupestre n'était qu'à un demi-kilomètre du monastère et les trois sires s'y rendirent à pied. Le prince Jérôme d'Alascanie prit une citrine photoluminescente de son carrosse et l'exposa au soleil afin qu'elle puisse éclairer la caverne suffisamment longtemps pour leur permettre d'examiner les peintures rupestres.

En entrant dans la caverne, le prince Jérôme expliqua :

- Cette première peinture représente une scène de vie des hommes des cavernes. Vous pouvez voir qu'ils vivaient une vie très communautaire.

Plus loin, le prince Jérôme dit au prince Nicolas et au roi Perceval :

- Voici une scène de vie avec les animaux, avec lesquels ils avaient apparemment des contacts très amicaux.

Plus loin encore, ils arrivèrent devant une très grande peinture rupestre dont la scène se passait dans un village.

Le prince Jérôme d'Alascanie dit :

- Là, il s'agit de la vie d'un village. On peut voir le chef du village parler aux habitants.

Le roi Perceval demanda au prince Jérôme :

- Comment s'appelait cette civilisation ?

Le prince Jérôme répondit au roi Perceval :

- C'était la civilisation des Incas. Ils vivaient ici il y a plusieurs dizaines de milliers d'années, jusqu'au moment où un très grand froid les obligea à émigrer vers le sud où le climat était plus clément. Je ne sais pas pourquoi ils ont érigé cet énorme mur que j'ai vu durant l'excursion avec les moines bénédictins de l'abbaye de Notre-Dame-de-la-Vallée-des-Miracles. Peut-être avaient-ils peur que le froid les poursuive jusqu'au sud, et pensaient-ils que ce mur les protégerait du froid.

Puis le prince Jérôme emmena le prince Nicolas des Iles d'Emeraude et le roi Perceval vers une peinture où l'on pouvait voir les hommes des cavernes contempler la Lune.

Le prince Jérôme dit à ses deux compagnons :

- Ici, vous pouvez voir comment les hommes des cavernes admiraient la Lune, et aussi le Soleil. Ils pensaient que les astres leur parlaient et les écoutaient.

Ils virent encore d'autres peintures rupestres, mais le temps passait très vite.

Le prince Jérôme d'Alascanie, qui ne tenait pas à arriver en retard pour l'office de midi, déclara :

- Il nous faut maintenant retourner à l'abbaye pour l'office de midi. Cet après-midi, je vous ferai visiter le séminaire de formation de prêtres où j'ai étudié la théologie entre seize et vingt-et-un ans.

Pour calculer l'heure et avoir une idée du temps, il y avait partout des cadrans solaires, dans toutes les cités des principautés de Nouvelle-France, ainsi que dans la partie ancienne du royaume du Saint Graal. Il y avait même de tout petits cadrans solaires que l'on pouvait mettre dans sa poche. Ils avaient la forme d'une sorte de vase rond avec une tige de fer qui allait d'un bord à l'autre du cadran en forme de vase rond. Les heures étaient gravées sur la paroi du vase. Les prince Jérôme et Nicolas des Iles d'Emeraude, et le roi Perceval en avaient chacun un. Quant aux grands cadrans solaires, ils avaient la forme d'une grande pierre carrée avec un immense mât et les heures étaient peintes sur tous les côtés de la grande pierre. Par beau temps, il était facile de savoir l'heure, mais quand il pleuvait ou neigeait ou que le temps était couvert, il était impossible de savoir l'heure.

Les trois sires s'en retournèrent à l'abbaye cistercienne

anachorétique de Notre-Dame-du-Lac-des-Carpes.

Après le repas et l'office de none, le prince Jérôme commença la visite du séminaire de formation de prêtres avec le prince Nicolas et le roi Perceval.

Il leur expliqua :

- Ici, nous sommes dans la partie de l'abbaye consacrée au séminaire de formation de prêtres. C'est ici aussi que sont formés presque tous les jeunes gens des principautés du nord-ouest de la Nouvelle-France. Lorsque je suis entré ici, au séminaire, il y avait entre cent cinquante et deux cents jeunes gens. Maintenant il y en a trois cent cinquante qui suivent des études de théologie. L'évêque de Saint-George, Monseigneur René, est professeur de morale et d'histoire. Il viendra demain pour célébrer la messe de l'Epiphanie, qui symbolise l'arrivée des rois mages. Demain, ce sera aussi le Noël des Orthodoxes, les Chrétiens d'Orient, et il y en a beaucoup en Nouvelle-France.

Le roi Perceval demanda alors à sire Jérôme :

- Dans cette région de la Nouvelle-France, y a-t-il des Orthodoxes ?

Le prince Jérôme répondit au roi Perceval :

- Non, pas beaucoup. Les Orthodoxes de Nouvelle-France sont plutôt établis vers la principauté du Val d'Or, ou dans la principauté des Outaouais ou en Montérégie. Et les Orthodoxes ont leur séminaire de formation de prêtres à l'abbaye bénédictine orthodoxe de Notre-Dame-du-Lac-Lemoine.

Puis il poursuivit :

- Il y a aussi, à l'abbaye cistercienne de Notre-Dame du-Nord, un séminaire de formation de prêtres chrétiens et un séminaire de formation de prêtres israélites. Je connais personnellement le prince qui règne sur la principauté du Val d'Or. Il s'appelle sire Daniel-Côrne et il a le même âge que moi. Je l'ai connu au séminaire. C'est un très gentil jeune prince qui aime son métier de prince régnant. Son père s'appelle sire Romuald-Côrne, et il vient d'abdiquer en faveur de son fils ainé. La princesse émérite, s'appelle dame Anne-Marie. Comme le prince Daniel-Côrne avait envie de découvrir l'ouest de la Nouvelle-France, ses parents l'ont envoyé ici, à l'abbaye cistercienne anachorétique de Notre-Dame-du-Lac-des-Carpes. Après un diplôme d'études fondamentales brillamment passé à l'abbaye bénédictine de Notre-Darne-du-Lac-Simon, Daniel-Cosme est devenu tertiaire de l'abbaye cistercienne de Notre-Darne-du-Lac-des-Carpes, ici, dans la principauté d'Alascanie. Mais comme la principauté du Val d'Or est très loin d'ici, il ne vient que tous les trois à cinq ans pour des retraites prolongées. Et pour ne pas être coupé de toute vie bénédictine ou cistercienne, il a demandé une extension de son statut de tertiaire à l'abbaye cistercienne de la Paix-du-Nord qui se trouve dans la principauté du Lac-des-Deux-Montagnes où règne la princesse Mirabel, vice-reine de Nouvelle-France.

Le roi Perceval dit alors au prince Jérôme d'Alascanie :

- Sur le chemin du retour, j'aurai peut-être l'occasion de rencontrer le prince Daniel-Cosme du Val d'Or car la Cité-du-Val-d'Or se trouve sur une des routes transcontinentales qu'empruntent les diligences qui vont de Granville à Mont-Royal.

Le prince Jérôme d'Alascanie continua sa visite guidée et dit au prince Nicolas des Iles d'Emeraude et au roi Perceval :

- Ici, nous sommes dans la bibliothèque. Il y a des livres d'histoire des Pères de l'Eglise, des livres de philosophie, de morale, des bibles aussi, et il y a aussi des livres israélites. Et il y a aussi des livres pour apprendre le latin. L'abbaye cistercienne anachorétique de Notre-Dame-du-Lac-des-Carpes a été fondée en l'an de grâce onze cent six, vingt-cinq ans après la fondation de l'abbaye cistercienne anachorétique de Notre-Dame-du-Lac-du-Poisson-Blanc, près de la Cité-du-Val-des-Bois qui se trouve à l'extrême ouest de la principauté du Lac-des-Deux-Montagnes, qui a été fondée en l'an de grâce mille quatre-vingt-six. L'abbaye de-Notre-Dame-du-Poisson-Blanc a été fondée par les moines d'une abbaye cistercienne française qui se trouve dans le Jura près de la petite ville de Cherlieu.

Puis l'heure des vêpres sonna.

Le roi Perceval dit au prince Jérôme d'Alascanie :

- Merci beaucoup de nous avoir montré le séminaire où vous avez suivi vos études de théologie. Demain, nous partirons, sire Nicolas et moi-même, dans la principauté d'Athabascanie, chez le prince Alexandre.

Après les vêpres, le souper et l'office des complies, les princes Jérôme d'Alascanie, Nicolas des Iles d'Emeraude et le roi Perceval retournèrent dans leurs chambres respectives.

Le lendemain, Monseigneur René arriva pour enseigner la morale, car il exerçait en alternance son ministère d'évêque et son métier de professeur de morale. Lorsqu'il vit les princes Jérôme d'Alascanie, Nicolas des Iles d'Emeraude et le roi Perceval, il leur dit :

- Comme je suis content de vous revoir, sire Jérôme d'Alascanie, Nicolas des Iles d'Emeraude et Perceval. Sire Jérôme, je suis content de vous revoir dans ce qui a été votre milieu de vie, lorsque vous étiez mon étudiant, entre seize et vingt-et-un ans.

Et le prince Jérôme répondit à Monseigneur René :
- Moi aussi, je suis content de vous revoir, Monseigneur René. Nous sommes le six janvier de l'an de grâce onze cent quatre-vingt-treize, fête des rois, et Noël des Orthodoxes, les Chrétiens d'Orient.

CHAPITRE IV
Pendant ce temps en Europe, dans la partie ancienne du royaume du Saint-Graal, au château de la Forêt Mystérieuse, sire Daniel reçoit le prince Abdallah Housouyef d'Arabie et lui dit que le roi Perceval est en voyage diplomatique en Nouvelle-France

Sire Daniel, duc de Bretagne, était en train de faire du rangement dans l'immense château octogonal de son fils, le roi Perceval. Le secrétaire personnel du roi Perceval, qui s'appelait Paul, alla vers lui et lui dit :
- Sire Daniel, une lettre du prince Abdallah Housouyef d'Arabie est arrivée, et je l'ai mise sur le bureau de votre fils, le roi Perceval.
Sire Daniel dit à Paul :
- Je vais aller voir cette lettre, Paul.
Sire Daniel alla dans le bureau du roi Perceval, vit la lettre sur la table, ouvrit l'enveloppe et commença à lire. :

« Cher roi Perceval, roi du Saint-Graal,
Je vous écris cette lettre pour vous dire que je viendrai dans une semaine pour une visite diplomatique. Dans un peu moins d'une année, en onze cent quatre-vingt-quatorze, c'est-à-dire en l'an cinq cent quatre-vingt-dix de l'Hégire, je monterai sur le trône du royaume d'Arabie, car mon père, âgé de soixante-quinze ans, a décidé d'abdiquer. Il ne se sent plus la force d'entreprendre un grand voyage, c'est pourquoi il m'a chargé de venir vous voir en Europe et de vous rendre visite.
Inch'Allah !
Prince Abdallah Housouyef d'Arabie »

Au cours du repas du soir, Sire Daniel dit à dame Hélène, duchesse de Bretagne et mère du roi Perceval :

- Vous rendez-vous compte, dame Hélène ? Le prince Abdallah Housouyef d'Arabie va venir rendre visite à notre fils, le roi Perceval !

Dame Hélène répondit à sire Daniel :

- C'est un immense honneur de recevoir le prince Abdallah Housouyef d'Arabie, et c'est vraiment dommage que le roi Perceval, notre fils, ne soit pas là. Mais je suis convaincue que le roi Perceval, notre fils, ira le voir à la Mecque, lui qui aime les grands voyages. Et je suis aussi convaincue qu'il sera très bien reçu dans son palais.

Une semaine s'écoula, au cours de laquelle le duc de Bretagne et dame Hélène s'activèrent pour préparer le château en vue de la venue du prince Abdallah Housouyef d'Arabie. Avec toute leur énergie, les serviteurs et les chevaliers du roi Perceval décorèrent le grand château octogonal du roi Perceval, préparèrent les chambres pour les serviteurs du prince Abdallah et nettoyèrent les grandes salles de l'immense château. Dehors, il faisait encore froid. Il avait aussi beaucoup neigé en France et la Forêt Mystérieuse était complètement recouverte de neige. Le soir, la forêt enneigée offrait un spectacle féerique avec les candélabres extérieurs garnis de citrines photoluminescentes qui donnaient une belle lumière jaune-orange.

Sire Daniel demanda aux serviteurs du roi Perceval :

- Est-ce-que tout est prêt pour recevoir le prince Abdallah Housouyef d'Arabie ? Et les chambres pour ses compagnons ?

Le serviteur en chef, qui s'appelait Charles, répondit :

- Oui, tout est pratiquement prêt, sire Daniel. C'est que le prince Abdallah Housouyef d'Arabie arrive dans deux jours.

Sire Daniel dit à tous les serviteurs du roi Perceval :

- Vous avez fait du bon travail, je vous félicite. Il faudra faire preuve de beaucoup de courtoisie avec notre hôte et sa suite. Ils viennent d'un lointain pays qui n'a pas la même religion que nous. Un faux geste, même accidentel, pourrait offenser notre hôte. Il ne faudra lui poser aucune question ni faire aucun commentaire sur la religion musulmane. Les musulmans sont extrêmement sensibles sur la façon avec laquelle on les reçoit. De plus il faudra dire « Inch'Allah » la fin de chaque conversation, et il faudra vous prosterner lorsque le prince arrivera dans les salons du château. Voilà ce que j'avais à vous dire.

Le jour de l'arrivée du prince Abdallah Housouyef d'Arabie, tout était prêt pour le recevoir.

Il arriva avec ses compagnons qui étaient tous membres de sa famille. Un de ses fils avait accepté de rester avec le prince Abdallah-Mohamed Housouyef, père du prince Abdallah Housouyef, dans son palais de La Mecque. Le roi Abdallah-Mohamed Housouyef aurait très mal supporté ce très long voyage, notamment à cause du froid hivernal d'Europe.

Sire Daniel alla à la rencontre du prince Abdallah Housouyef qui venait de souffler dans sa corne et de frapper à la grande porte du château du roi Perceval.

Le prince Abdallah Housouyef était âgé d'une cinquantaine d'années. Il était vêtu d'une djellaba blanche et d'un grand manteau. Une djellaba est une robe en coton très fin. Il était coiffé d'un foulard blanc appelé keffieh.

Sire Daniel accueillit le prince Abdallah Housouyef d'Arabie et sa famille :
- Bonjour prince Abdallah Housouyef d'Arabie. Soyez les bienvenus, vous et votre famille, dans le royaume du Saint-Graal. Entrez donc à l'intérieur du château, dans la grande salle de réception, Inch'Allah !

Le prince Abdallah Housouyef d'Arabie entra, en compagnie de sa famille, dans une des grandes salles du château de la Forêt Mystérieuse.

Il demanda à sire Daniel, duc de Bretagne :
- Et le roi Perceval, ce tout jeune roi qui a mis fin aux croisades, n'est-il pas là, sire Daniel de Bretagne ?

Sire Daniel répondit au prince Abdallah Housouyef d'Arabie :
- Non, le roi Perceval n'est pas là. Il est en voyage diplomatique en Nouvelle-France où il a été invité par un jeune prince pour fêter son anniversaire. Ce jeune prince s'appelle sire Nicolas des Iles d'Emeraude, nom que porte un archipel situé au large de la côte ouest de la Nouvelle-France. Sire Perceval est parti au mois de mai de l'année dernière. Il nous a écrit depuis le château de ce jeune prince des Iles d'Emeraude. Il devrait être de retour ici vers le mois de mars ou avril, et je lui dirai que vous êtes venu. Et comment va le royaume d'Arabie ?

Le prince Abdallah Housouyef d'Arabie, fils du roi Abdallah-Mohammed et de la reine Zolaïcha se présenta en détail à sire Daniel :
- Je m'appelle Abdallah Housouyef, fils du roi Abdallah-Mohammed et de la reine Zolaïcha. J'ai fait mes études fondamentales à La Mecque jusqu'à seize ans, puis je suis allé à l'université à Constantinople, une ville qui se trouve sur le détroit du Bosphore et qui est la capitale de l'Empire ottoman. A mon retour, j'ai secondé

mon père et je vais maintenant reprendre le royaume d'Arabie. La Mecque se trouve près de la mer Rouge qui est très riche en récifs coralliens, avec des raies, des poissons-clowns, des anémones de mer, des poulpes bruns, des murènes de toutes les couleurs, des tortues marines et des dauphins, des homards et des lions de mer. Il y a aussi des anguilles, des crabes de toutes les couleurs, des bernard-l'ermite, qui sont de petits homards qui s'installent dans des coquillages vides. Il y a aussi des requins et des éléphants de mer. Et au fond de la mer Rouge, des archéologues égyptiens et arabes ont retrouvé des amphores qui datent de l'Antiquité, et des bijoux qui datent de plusieurs milliers d'années. Dans la religion musulmane, nous considérons Jésus-Christ comme un prophète. Notre religion s'appelle Islam et a été fondée par Mahomet. Elle repose sur cinq piliers qui sont la prière, cinq fois par jour, la profession de foi, l'aumône, le ramadan et le pèlerinage à la Mecque que chaque Musulman doit faire au moins une fois dans sa vie. L'équivalent de votre Bible est le Coran, qui a été révélé à Mahomet par Allah. L'invocation « Inch'Allah », que nous utilisons à la fin de chaque discours, dialogue ou simple relation, signifie : « Que Dieu vous bénisse ! ». Mahomet a fondé l'Islam il y a six siècles et a vécu à la Mecque, qui est aussi un lieu de pèlerinage, comme pour vous Rome, ou Jérusalem pour les Israélites. C'est une joie de vous rencontrer, vous qui êtes le père du roi Perceval. Votre fils a mis fin aux croisades, a contribué à la signature du traité de paix interreligieuse et internationale, et en plus il a découvert le Vase sacré du Saint-Graal. C'est un chevalier exemplaire qui nous a tous fait sortir des années sombres du Moyen-âge. Inch'Allah !

Sire Daniel répondit au prince Abdallah Housouyef :

- Oui, en effet. D'ailleurs, notre fils le roi Perceval était un élève brillant. Il a fait ses études fondamentales chez les moines bénédictins de Mouthier-Royal, en Bretagne. Et plus tard il est parti à seize ans chez le Roi Arthur pour faire sa formation de chevalier. Il a en même temps suivi des études de théologie, car en Angleterre, les jeunes écuyers suivent des études universitaires parallèlement à leur formation de chevalier. Sire Perceval était un enfant très discipliné et un très bon fils. Mais il était très distrait et oubliait parfois de faire un travail qu'on lui avait demandé de faire. Il lui arrivait aussi d'oublier ses livres, ce qui énervait certains moines professeurs, notamment le supérieur de l'abbaye bénédictine de Mouthier-Royal, dom Gérard, qui était pourtant un homme plein de patience et de bonté. Je crois qu'il a beaucoup apporté à notre fils. Sire Perceval a pris la décision d'entrer dans le tiers-ordre bénédictin de l'abbaye bénédictine de Mouthier-Royal. Et sa distraction ne l'a pas empêché de devenir un chevalier puis un roi, le roi d'un immense royaume qui s'étend de la Prusse aux Iles d'Emeraude, dans l'ouest de la Nouvelle-France. Maintenant, dites-moi quelle est la raison de votre visite, ici au royaume du Saint-Graal.

Le prince Abdallah Housouyef répondit à sire Daniel :

- Je suis venu ici pour m'entretenir avec le roi Perceval. Notre royaume d'Arabie voudrait établir des relations diplomatiques avec le royaume du Saint-Graal. Et je voudrais aussi l'inviter à la cérémonie de mon couronnement, qui aura lieu l'an prochain. J'espère qu'il se rendra à mon invitation. Inch'Allah !

Sire Daniel, dit au prince Abdallah Housouyef :

- C'est bientôt l'heure du repas de midi. Et cet après-midi, je vous ferai visiter le château du Saint-Graal qui s'appelle aussi le château de la Forêt Mystérieuse. Inch'Allah !

Sire Daniel conduisit le prince Abdallah Housouyef d'Arabie et toute sa famille jusqu'à la salle à manger. Il y avait son fils de dix ans, Abdallah Saïd, et sa fille de treize ans, Saïda-Archa. Les enfants du prince Abdallah avaient des précepteurs pour leur enseigner l'arabe, l'histoire d'Arabie, la religion islamique, les mathématiques, les sciences naturelles et les langues occidentales comme le grec ou le latin.

Le prince Abdallah Housouyef était aussi le chef spirituel des musulmans et présidait la prière chaque vendredi. Il lui incombait aussi d'organiser des études coraniques dans la salle d'études de la grande mosquée attenante au palais royal de la Mecque. Il y avait aussi un séminaire coranique. Comme en Europe et en Nouvelle-France, les études duraient cinq ans, à partir de l'âge de seize ans. Avant seize ans, les jeunes musulmans recevaient une instruction religieuse, intégrée aux études fondamentales. Ils se rendaient à la prière du vendredi dans les mosquées des écoles fondamentales coraniques, et à seize ans, à la grande mosquée, ils participaient à une cérémonie religieuse qui marquait leur entrée dans la vie musulmane. Cette cérémonie équivalait à la confirmation chrétienne et à bar-mitsva chez les Israélites.

Au repas de midi, il y avait un couscous et une tarte aux pommes. En effet, sire Perceval avait raconté à sa famille que l'on mangeait du couscous dans les pays orientaux, lorsqu'il était allé en Israël pour faire cesser les croisades. Lui-même avait mangé un plat de couscous chez Jacob, le gouverneur d'Israël. Alors, pour bien accueillir le prince Abdallah Housouyef d'Arabie, sire

Daniel avait pris la décision de lui servir un plat de couscous, ce qui lui fit grand plaisir.

Après le repas de midi, sire Daniel convia le prince Abdallah Housouyef d'Arabie à une visite du grand château de la Forêt Mystérieuse. La visite commença par les jardins qui étaient recouverts de neige.

Sire Daniel dit au prince :

- Prince Abdallah Housouyef, notre fils, le roi Perceval, aime beaucoup entretenir les jardins du château. Les arbres que vous voyez, là-bas, sont des platanes, puis plus loin ce sont des cèdres et des sapins.

Puis il lui montra les grandes salles du château :

- Ici nous sommes dans une des innombrables salles du château qui a la forme d'un immense octogone. Il y a mille chambres, un gymnase, une piscine. Il y a aussi une serre dans chaque jardin. Venez avec moi, je vais vous montrer le Vase sacré du Saint-Graal.

Devant le Vase sacré, le prince Abdallah dit avec émerveillement :

- C'est donc ce vase en or que votre fils, le roi Perceval a découvert alors qu'aucun chevalier de la célèbre Table Ronde n'avait réussi à retrouver, ce vase dans lequel le Christ a bu lors de son dernier repas !

Sire Daniel dit au prince Abdallah Housouyef :

- C'est bien ce Vase sacré que notre fils a découvert. Et cette découverte a fait de lui le roi du nouveau royaume voulu par le Roi Arthur.

Le prince Abdallah Housouyef demanda :

- Comment se fait-il que le Roi Arthur vive encore ? Je croyais qu'il vivait au sixième siècle.

Sire Daniel répondit au prince Abdallah Housouyef :

- Notre Roi Arthur qui a créé le royaume du Saint-Graal et qui a couronné notre fils, sire Perceval, après avoir abdiqué en sa faveur, a dormi dans une grotte pendant six siècles. Il avait découvert une grotte avec un mystérieux sarcophage, et étant très curieux de nature, il avait prit la décision de voir quel effet cela faisait d'être dans un sarcophage. Il s'y installa, le couvercle se referma, puis un jour le couvercle du sarcophage s'ouvrit, le Roi Arthur se réveilla et sortit de la grotte. Alors, il s'aperçut que nous étions au douzième siècle, et il regagna le château de Windsor qui avait beaucoup changé. Mais, je m'aperçois que vous connaissez bien l'histoire des chevaliers de la Table Ronde !

Et le prince Abdallah Housouyef dit à sire Daniel :

- Et oui, je connais bien la légende des chevaliers de la Table Ronde, car j'ai lu un livre sur ce sujet quand j'étais encore à l'université de Constantinople, dans l'Empire ottoman.

Ils remontèrent et continuèrent la visite de l'immense château de la Forêt Mystérieuse. Le prince Abdallah Housouyef d'Arabie resta encore deux jours, puis il prit congé de sire Daniel et de dame Hélène de Bretagne et repartit en Arabie avec sa famille.

CHAPITRE V
Le roi Perceval et le prince Nicolas des Iles d'Emeraude prennent congé du prince Jérôme d'Alascanie et se rendent chez le prince Alexandre-Cosme d'Athabascanie

Après le repas pris au réfectoire de l'abbaye cistercienne anachorétique de Notre-Dame-du-Lac-des-Carpes, le roi Perceval et le prince Nicolas des Iles d'Emeraude prirent congé du prince Jérôme d'Alascanie.

Le prince Nicolas des Iles d'Emeraude dit au prince Jérôme d'Alascanie :

- Bonne route, sois prudent, sire Jérôme d'Alascanie, j'ai été content de te revoir, et j'espère que je te reverrai bientôt.

Sire Jérôme répondit au prince Nicolas :

- Moi aussi, j'ai été content de te revoir, sire Nicolas.

Et le roi Perceval dit au prince Jérôme d'Alascanie :

- J'ai été ravi de faire votre connaissance, sire Jérôme.

Le prince Nicolas des Iles d'Emeraude et le roi Perceval firent un très long voyage avec le carrosse du prince Nicolas et Paulain, son cheval.

Grâce aux pierres photoluminescentes du carrosse, ils pouvaient voyager de nuit à travers les immenses forêts de la Nouvelle-France, entièrement recouvertes de neige. Les pierres photoluminescentes éclairaient la route enneigée et les arbres enneigés, ce qui donnait un spectacle féerique.

Ils finirent par arriver dans une ville de la principauté d'Athabascanie, qui s'appelait Grande-Prairie. Il s'y trouvait une abbaye cistercienne anachorétique fondée par les moines de l'abbaye cistercienne anachorétique de Notre-Dame-du-Lac-des-Carpes. Cette abbaye s'appelait l'abbaye de Notre-Dame-de-la-Grande-Prairie. C'était un très grand monastère avec deux cent cinquante moines dont une moitié de moines israélites. Malgré son nom, la ville de Grande-Prairie, était entourée de grandes forêts.

Le prince Nicolas des Iles d'Emeraude sortit sa corne, souffla dedans et frappa à la porte du monastère. Un tout jeune frère alla à la rencontre du prince Nicolas des Iles d'Emeraude et du roi Perceval et leur dit :

- Bonsoir, je m'appelle Aamon, je suis israélite et je seconde le père abbé qui s'appelle révérend George-Alexandre, qui est aussi père hôtelier. Il vient de se coucher, mais j'ai encore deux chambres disponibles dans notre hôtellerie. Dans deux jours, il y a une conférence sur la vie éternelle, et si cela vous intéresse, vous êtes cordialement invités à assister à cette session qui durera deux ou trois jours. Comment vous appelez-vous ?

- Je m'appelle sire Nicolas des Iles d'Emeraude et voilà sire Perceval, notre roi du royaume du Saint-Graal, qui a mis fin aux croisades et a retrouvé le Vase sacré du Saint-Graal.

Tous deux furent conduits à leurs chambres qui étaient très simples mais très confortables, avec un lit, une table de chevet, et une chaise. La fenêtre était en forme d'ogive, un peu comme les fenêtres du château du prince Jérôme d'Alascanie.

Au cours de la nuit, les sires Nicolas des Iles d'Emeraude et Perceval se levèrent pour aller aux matines. Dehors il faisait vraiment très froid, mais ils purent contempler un ciel étoilé extraordinairement limpide avec une voie lactée très lumineuse, et la planète Jupiter qui était tout à l'horizon et qui allait se coucher.

Après les matines, le prince Nicolas et le roi Perceval

retournèrent se coucher. Au matin, ils descendirent dans la salle à manger des hôtes, dans laquelle ils rencontrèrent le révérend père hôtelier et abbé George-Alexandre. C'était un homme de grande taille avec une petite barbe noire et légèrement grisonnante et des cheveux très courts.

Le père abbé George-Alexandre leur dit :

- Bonjour, je suis le révérend père abbé George-Alexandre. Mon aide, le frère Aamon m'a dit que vous étiez le prince Nicolas des Iles d'Emeraude accompagné du roi Perceval, qui règne sur le royaume du Saint-Graal, qui a mis fin aux croisades et qui a retrouvé le Vase sacré du Saint-Graal.

Le roi Perceval dit au père abbé George-Alexandre :

- Bonjour, mon père abbé George-Alexandre. Je suis enchanté de vous connaître. Mais comment connaissez-vous mon histoire, révérend père abbé ?

Le révérend père abbé George-Alexandre répondit au roi Perceval :

- C'est le frère Aamon qui me l'a dit. Si vous êtes intéressés, dans deux jours commence une conférence sur la vie éternelle qui doit durer trois jours.

Le prince Nicolas dit au père abbé George-Alexandre :

- Nous sommes très intéressés par cette conférence sur la vie éternelle, et nous nous réjouissons d'y participer. Nous sommes en Athabascanie car nous nous rendons chez le prince Alexandre-Cosme d'Athabascanie. Le connaissez-vous mon père abbé ?

Le père abbé George-Alexandre dit au prince Nicolas des Iles d'Emeraude :

- Oh oui, je le connais très bien. Il a un frère, sire Jean-Cosme, qui a étudié ici et est tertiaire de notre abbaye ; et il est prêtre à la Cité-du-Fond-du-Lac. Le prince

Alexandre-Cosme d'Athabascanie, lui, a fait ses études de théologie chez les cisterciens de Notre-Dame-du-Fond-du-Lac et ses études fondamentales chez les moines bénédictins de l'abbaye de Notre-Dame-de-Saint-Clair-du-Lac. Le prince Alexandre-Cosme est un très gentil jeune prince et je crois que vous aurez du plaisir à faire sa connaissance. Il se passionne pour l'astronomie. Excusez-moi mais, comme c'est dimanche aujourd'hui, je dois aller préparer la messe. Si vous vous promenez dans la forêt, faites attention aux ours et aux grands singes qui s'appellent des yetis.

L'heure de la messe arriva et le prince Nicolas-des Iles d'Emeraude et le roi Perceval se rendirent dans l'église qui est attenante au monastère. Ils purent apercevoir la synagogue.

Dans l'après-midi, ils se promenèrent dans le parc et la forêt du monastère, mais ils ne virent ni ours ni yétis.

Le soir venu, les deux sires allèrent se coucher. Le lendemain débuta la conférence sur la vie éternelle. Il y avait une centaine de participants, des prêtres, des prêtres israélites, des chevaliers.

Le père George-Alexandre ouvrit la conférence sur la vie éternelle :

- C'est un grand bonheur de vous accueillir pour la conférence sur la vie éternelle. Aujourd'hui, nous traiterons de la vie après la mort, demain nous traiterons de l'enfer et après-demain de la rédemption des âmes. Comme chacun le sait la mort terrestre n'est pas une fin mais le début d'une nouvelle vie. Quand quelqu'un meurt, on ne devrait jamais dire qu'il meurt, mais qu'il entre dans la maison du Seigneur.

Le prince Nicolas et le roi Perceval trouvèrent la première journée de la conférence très intéressante. Ils rencontrèrent les jeunes étudiants du séminaire attenant à l'abbaye cistercienne de la Grande-Prairie.

La deuxième journée de la conférence était consacrée à l'enfer. Le révérend père abbé George-Alexandre ouvrit la journée. Il dit à l'assemblée qui était réunie dans une immense salle qui servait de salle de conférence :

- Aujourd'hui j'ai l'honneur d'accueillir Monseigneur Jean-Daniel-René, évêque de la principauté d'Athabascanie, qui est tertiaire cistercien de notre abbaye. Monseigneur Jean-Daniel-René, je vous laisse la parole.

Monseigneur Jean-Daniel-René prit alors la parole :

- Bonjour, sires, je m'appelle Monseigneur Jean-Daniel-René, je suis évêque de la principauté d'Athabascanie, et j'ai le grand bonheur de venir apporter ma contribution à la conférence sur la vie éternelle, ici dans cette abbaye cistercienne de Notre-Dame-de-la-Grande-Prairie dont je suis tertiaire. Je remercie le révérend père abbé George-Alexandre de m'avoir invité à venir parler d'un des thèmes de la conférence. Le thème aujourd'hui porte sur l'enfer. Je vais donc vous parler de l'enfer. L'enfer désigne le lieu où se trouve, après la mort, le pécheur qui a rejeté la parole de Dieu et qui a refusé de se repentir. Dieu n'envoie pas le pécheur en enfer, comme on le croyait encore au Moyen-âge. C'est le pécheur qui se damne lui-même. Dieu n'est pas un juge autoritaire qui récompense les bons et qui punit les méchants, mais un père qui pardonne. Et il est important de ne jamais souhaiter que le pécheur aille en enfer, mais il faut prier pour que son repentir le conduise au paradis. Avez-vous des questions ?

Le prince Nicolas des Iles d'Emeraude souleva la question du malfaiteur qui était sur la croix et se moquait de Jésus-Christ :

- Monseigneur Jean-Daniel-René, est-ce que le malfaiteur qui se moquait de Jésus-Christ ira en enfer ? Je pense, pour ma part, que si Jésus-Christ dit à l'autre malfaiteur : « Tu seras avec moi au paradis », lorsque celui-ci a repris le premier malfaiteur qui se moquait de Jésus-Christ, il ne dit pas au premier malfaiteur qu'il est en attente d'aller en enfer. Je veux dire qu'il ne faut jamais souhaiter que celui qui se moquait de Jésus-Christ aille en enfer, mais qu'il faut plutôt prier Dieu de lui pardonner. Il me semble qu'il y a toujours une porte ouverte pour que l'âme pécheresse aille au paradis. C'est tout ce que j'avais à dire, Monseigneur Jean-Daniel-René.

Monseigneur Jean-Daniel-René répondit au prince Nicolas :

- Vous avez tout-à-fait raison, sire Nicolas, d'aborder cette question. Moi aussi, je crois qu'une porte reste ouverte pour les âmes des pécheurs. Notre Seigneur Jésus-Christ a dit avant de passer de ce monde à l'autre monde : « Père, pardonne-leur, ils ne savent pas ce qu'ils font. ». Et Dieu aura certainement pardonné aux deux malfaiteurs qui étaient sur leur croix à côté de Jésus-Christ.

L'heure de l'office de midi sonna et tout le monde se rendit dans l'église du monastère pour y assister. Il faisait très froid et il y avait un très beau ciel bleu azur, car il avait beaucoup neigé durant la nuit.

Pendant le repas, servi dans le réfectoire des étudiants, le roi Perceval dit aux étudiants, aux prêtres enseignants et à Monseigneur Jean-Daniel-René :

- Moi aussi, je crois que les deux malfaiteurs sont au paradis, même si Jésus ne dit qu'à l'un d'eux : « Tu seras avec moi au paradis. ».

Et le prince Nicolas ajouta :

- Je pense aussi que Dieu n'envoie pas les pécheurs en enfer et je crois beaucoup en la vie éternelle et en la rédemption des âmes pécheresses.

La troisième journée de la conférence sur la vie éternelle portait, justement, sur la rédemption des âmes et l'existence du purgatoire.

Monseigneur Jean-Daniel-René dit à l'assemblée :

- Aujourd'hui, nous allons réfléchir sur la question de la rédemption. La rédemption est le temps de pénitence pour les âmes qui n'ont pas terminé leur repentance. Ce temps est aussi appelé le purgatoire. Le purgatoire permet aux âmes de terminer leur repentance avant d'aller au paradis.

A la fin de l'intervention de Monseigneur Jean-Daniel-René, le prince Nicolas évoqua la question des limbes :

- Les limbes, c'est en principe le lieu destiné aux non-baptisés, lorsqu'ils passent dans l'au-delà. Mais pourquoi les enfants qui passent avant leur baptême ne mériteraient-ils pas d'aller au paradis ? Pourquoi iraient-ils dans les limbes ? Je veux dire qu'ils ne doivent pas aller dans les limbes.

Monseigneur Jean-Daniel-René répondit :

- Vous avez raison d'évoquer la question des limbes. Notre pape Joachim a supprimé la question des limbes, et les petits enfants non baptisés vont quand même au paradis.

Le prince Nicolas et le roi Perceval prirent congé de Monseigneur Jean-Daniel-René et du révérend père abbé George-Alexandre de l'abbaye cistercienne anachorétique de Notre-Dame-de-la-Grande-Prairie.

Le roi Perceval dit à Monseigneur Jean-Daniel-René et au père abbé George-Alexandre :

- Je vous remercie de nous avoir accueillis, le prince Nicolas et moi-même, dans votre belle abbaye. Et merci à Monseigneur Jean-Daniel-René pour cette belle conférence qui nous a beaucoup apporté et beaucoup appris.

Et ils quittèrent Grande-Prairie pour se rendre à la Cité-du-Fond-du-Lac.

Ils arrivèrent dans un ermitage-relais appelé Saint-Vermilion qui était tenu par un chevalier tertiaire de l'abbaye cistercienne anachorétique de Notre-Dame-de-la-Grande-Prairie. Il s'appelait sire Roméo. Il était chevalier du prince Daniel-Auguste, le père de l'actuel prince Alexandre-Cosme d'Athabascanie, et il était devenu tertiaire ermite.

Le prince Daniel-Auguste était le fils du prince André-Alexandre qui était le tout premier prince fondateur de la principauté d'Athabascanie. Lorsque sire Roméo avait été adoubé chevalier, le prince Daniel-Auguste venait d'accéder au trône et il avait connu le prince André-Alexandre. Le prince André-Alexandre était un jeune chevalier qui venait du duché d'Aquitaine, et comme il rêvait de s'établir en Nouvelle-France, son père, le duc d'Aquitaine, qui s'appelait sire Thomas-Alexandre prit la décision de le laisser partir en Nouvelle-France.

Sire Roméo accueillit le prince Nicolas des Iles d'Emeraude et le roi Perceval dans son ermitage-relais de Saint-Vermilion :

- Bonsoir sires, entrez-donc, vous serez bien au chaud. Il y a un repas qui vous attend. Comment vous appelez-vous ?

Le prince Nicolas des Iles d'Emeraude se présenta :

- Je m'appelle sire Nicolas des Iles d'Emeraude, et voilà sire Perceval, qui règne sur le royaume du Saint-

Graal qui inclut la Nouvelle-France. La partie ancienne du royaume du Saint-Graal s'appelle l'Europe.

Le roi Perceval dit à sire Roméo :

- C'est un honneur pour moi d'être accueilli dans votre ermitage-relais, à l'abri du froid qui règne dehors à cette saison en Nouvelle-France.

Sire Roméo répondit au roi Perceval :

- Pour moi, c'est un grand honneur d'accueillir le roi du Saint-Graal. Pour ce qui me concerne, je m'appelle sire Roméo, j'ai été chevalier du prince Daniel-Auguste qui est monté sur le trône juste avant de m'adouber. J'ai connu le prince André-Alexandre qui vivait encore et qui habitait au château du prince Daniel-Auguste., J'avais envie de devenir moine cistercien à l'abbaye cistercienne de-Notre-Dame-de-la-Grande-Prairie. Mais je ne pouvais pas bien supporter la discipline stricte de l'ordre cistercien. Le père abbé de l'époque, qui s'appelait Jean-Marie, a préféré que je devienne tertiaire et j'ai transformé mon noviciat de moine en celui de tertiaire. Je crois que vous allez avoir du plaisir à connaître le prince Alexandre-Cosme, qui vient d'être adoubé chevalier et couronné prince régnant, car son père, le prince Daniel-Auguste, vient d'avoir soixante-cinq ans et a décidé de laisser son fils, monter sur le trône d'Athabascanie.

Puis sire Roméo, le prince Nicolas des Iles d'Emeraude et le roi Perceval prirent un bon repas avec des pommes de terre en soupe et un bon dessert qui était composé d'une tarte aux pruneaux.

L'ermitage-relais de Saint-Vermilion était une grande maison en troncs d'arbres. Dehors, il neigeait encore.

Les chambres étaient petites mais très confortables et il y avait aussi un chaudron qui servait de baignoire, un peu comme à l'ermitage de Saint-Guillaume. Le prince Nicolas-des-Iles d'Emeraude et le roi Perceval s'endormirent jusqu'au petit matin.

Après une bonne nuit dans une maison chauffée au bois, le prince Nicolas des Iles d'Emeraude et le roi Perceval se rendirent dans la salle à manger de l'ermitage-relais où ils retrouvèrent sire Roméo qui leur demanda s'ils avaient bien dormi.

Le prince Nicolas des Iles d'Emeraude et le roi Perceval lui dirent :

- Oui, nous avons très bien dormi dans nos chambres depuis lesquelles nous avons pu voir le jour qui se levait.

Puis les sires Nicolas des Iles d'Emeraude et Perceval prirent leur petit déjeuner avec sire Roméo qui leur dit :

- Comme, je vous l'ai dit hier, vous allez avoir beaucoup de plaisir à rencontrer le jeune prince Alexandre-Cosme d'Athabascanie.

Le petit déjeuner était composé de petits pains grillés au feu de bois et d'un bol de thé à la citronnelle qu'avait préparé sire Roméo.

Avant de partir pour la Cité-du-Fond-du-Lac, le prince Nicolas des Iles d'Emeraude et le roi Perceval prirent congé de sire Roméo en lui disant :

- Nous vous remercions de nous avoir si bien et chaleureusement accueillis dans votre bel ermitage-relais de Saint-Vermilion.

Puis le carrosse, le cheval Paulain, le prince Nicolas des Iles d'Emeraude et le roi Perceval s'en allèrent dans la forêt enneigée qui recouvrait presque entièrement toute la Nouvelle-France.

Après un long voyage, le prince Nicolas et le roi Perceval arrêtèrent leur carrosse au bord d'un lac qui s'appelait le lac de Saint-Clair, pour manger leur repas qui était composé d'un pain pour chacun avec du beurre, d'un peu de thé dans une gourde, et d'une pomme pour chacun.

Ils arrivèrent enfin à Fond-du-Lac à la tombée du jour et toutes les pierres photoluminescentes des candélabres de la ville de Fond-du-Lac se mirent à scintiller. Il y avait des grenats qui donnaient une lumière rougeâtre, des citrines qui donnaient une lumière jaune-orangée, des péridots qui donnaient une lumière jaune-verdâtre, des aigues-marines qui donnaient une lumière bleuâtre et des pépites de cuivre qui donnaient une lumière rose-orangée.

Le château du prince d'Athabascanie était situé à côté de la Cité-du-Fond-du-Lac. Il faisait si froid que le lac Athabasca était devenu une immense patinoire. Le château de sire Alexandre-Cosme était aussi de forme octogonale, comme le château du roi Perceval à la Forêt Mystérieuse, mais il était plus petit. Le prince Nicolas des Iles d'Emeraude sortit sa corne et souffla dedans. L'immense grille en fer forgé se leva, le grand portail de bois de chêne s'ouvrit, et un tout jeune prince alla à la rencontre du prince Nicolas des Iles d'Emeraude et le roi Perceval. C'était le prince d'Athabascanie.

Il s'avança et dit :

- Bonsoir, sires, entrez et venez dans le château, car il fait très froid dehors.

Le prince Alexandre-Cosme d'Athabascanie était un jeune prince qui avait de très longs cheveux noirs et qui était de taille moyenne. Il venait d'avoir vingt-deux ans et paraissait beaucoup plus jeune que son âge. Il venait d'être adoubé chevalier et couronné prince régnant, en l'an de grâce onze cent quatre-vingt-douze. Il avait deux frères plus âgés que lui, sire Gille-Alexandre qui était aussi chevalier à la cour de son père et clerc à l'évêché de la principauté d'Athabascanie chez Monseigneur Jean-Daniel-René, et sire Etienne-Alexandre qui était prêtre enseignant à l'abbaye cistercienne anachorétique de Notre-Dame-du-Fond-du-Lac. Sire Gille-Alexandre avait fait ses humanités à l'université de Fond-du-Lac.

Le prince Alexandre-Cosme avait aussi deux sœurs qui étaient plus jeunes que lui. La princesse Céline avait onze ans et la princesse Anne-Caroline allait entrer dans l'âge préadulte. Elles étaient encore à l'école fondamentale chez les sœurs bénédictines de l'abbaye de Notre-Dame-du-Nord, qui était située au nord de Fond-du-Lac.

Et il y avait encore le prince Jacques-Alexandre qui avait dix ans et la princesse Jeanine-Simone.

Une fois dans la grande salle à manger du château, le prince Alexandre-Cosme se présenta :

- Je m'appelle Alexandre-Cosme, mais je préfère qu'on m'appelle Alexandre. Mes frères portent aussi le nom d'Alexandre accompagné d'un second prénom pour qu'on les reconnaisse facilement. J'ai fait mes études fondamentales chez les moines bénédictins de l'abbaye de Notre-Dame-de-la-Tranquillité, et à seize ans, j'ai fait des études de théologie chez les moines de l'abbaye cistercienne anachorétique de Notre-Dame-du-Fond-du-Lac, où j'ai aussi étudié l'astronomie. J'ai suivi un apprentissage de jardinier parallèlement à ma formation de chevalier. Mon père m'a adoubé chevalier et m'a couronné prince régnant. J'étais à votre anniversaire en août de l'an dernier, sire Nicolas des Iles d'Emeraude, dans votre château de Fort-Saint-Jean-Baptiste. Et mes parents vous connaissent très bien, sire Perceval, car ils étaient à votre couronnement.

Le prince Nicolas dit au prince Alexandre-Cosme :

- Sire Alexandre-Cosme d'Athabascanie, je te donne l'autorisation de me tutoyer, puisque nous nous connaissons.

Le prince Alexandre dit alors à sire Perceval :

- Mes parents sont venus à votre couronnement et ils se souviennent très bien de vos exploits quand vous aviez arrêté les croisades et retrouvé le Vase sacré. Mon grand frère, le prince Gille-Alexandre les avait conduits jusqu'à Saint-Boniface, en Assiniboinie parce qu'il n'y a pas encore de service de diligences.

Le roi Perceval répondit au prince Alexandre-Cosme :

- Moi aussi, je trouve qu'il n'y a pas assez de lignes de diligences, tant dans la partie nouvelle du royaume du Saint-Graal que dans la partie ancienne. Lorsque je rentrerai en Europe, je mettrai la création de lignes de diligences à l'ordre du jour, en plus de la création de parcs préhistoriques, et de l'adhésion du royaume d'Israël au royaume du Saint-Graal.

Le prince Alexandre-Cosme déclara alors :

- Sire Perceval, vous voulez faire entrer le royaume d'Israël dans le royaume du Saint-Graal ? Quelle bonne idée ! Il faut rendre justice au peuple d'Israël qui a tant souffert durant des siècles de dominations et de guerres. Je ne peux pas croire que Dieu ait rejeté son peuple, et que les Israélites aient vraiment voulu que Notre Seigneur Jésus-Christ soit crucifié. A part quelques-uns, peut-être !

Le roi Perceval répondit :

- Absolument ! Et l'adhésion du royaume d'Israël au royaume du Saint-Graal me paraît capitale, car il est juste et naturel que la patrie de notre Seigneur Jésus-Christ soit intégrée au royaume du Saint-Graal.

A l'heure du repas, les princes Alexandre-Cosme

d'Athabascanie, Nicolas des Iles d'Emeraude, ainsi que le roi Perceval, furent conviés à rejoindre la grande salle à manger du château du prince Alexandre-Cosme d'Athabascanie. Le repas était composé d'un plat de riz avec du poulet et une soupe aux tomates.

Le prince Daniel-Auguste, père du prince Alexandre prit la parole :

- Bienvenue au prince Nicolas des Iles d'Emeraude et à notre roi Perceval. Notre fils, le prince Alexandre qui avait été convié par le prince Nicolas des Iles d'Emeraude à son anniversaire m'a parlé de vous. Et il nous a dit que notre roi Perceval viendrait nous rendre visite, ici en Athabascanie. Je me souviens très bien de votre couronnement. Nous y avions été invités par le Roi Arthur que nous connaissons bien. Comment va notre roi émérite Arthur et que devient-il ?

Le roi Perceval répondit au prince Daniel-Auguste :

- Notre bien aimé Roi Arthur est devenu tertiaire de l'abbaye bénédictine de Glastonbury pour la seconde fois, car il était déjà tertiaire lorsqu'il régnait au sixième siècle. Il va bien.

Pendant le repas, le prince Alexandre déclara :

- Demain soir, je ferai découvrir l'astronomie à sire Nicolas des Iles d'Emeraude et à notre roi Perceval. Il y a ici, au château, un grand télescope qui nous permet de distinguer le moindre cratère sur la Lune.

Le repas terminé, tout le monde alla se coucher.

Le prince Alexandre-Cosme d'Athabascanie se passionnait pour l'astronomie. Depuis tout petit, il passait des soirées entières à observer le ciel étoilé, surtout en automne et en hiver car le soleil se couche très tôt en novembre et décembre. Et dès que le printemps était de retour, le prince Alexandre devait patienter car le soleil se couchait de plus en plus tard. En été, il arrivait que le prince Alexandre se lève pour observer le ciel étoilé. A seize ans, le prince reçut un beau télescope de son père le prince Daniel-Auguste et de sa mère la princesse Céline-Jeane, pour le récompenser des efforts qu'il avait faits pour réussir son diplôme d'études fondamentales chez les moines bénédictins de l'abbaye de Notre-Dame-de-la-Tranquillité, pour sa confirmation et pour marquer son entrée dans l'âge préadulte. Et depuis lors, le prince Alexandre consacrait toutes ses soirées à observer le ciel lorsque le temps le permettait. Et ses parents se mirent aussi à se passionner pour l'astronomie.

Il est vrai que, située très au nord de l'ouest de la Nouvelle-France, la principauté d'Athabascanie offrait d'excellentes conditions d'observation du ciel entre le mois d'octobre et le mois d'avril.

CHAPITRE VI
Le prince Alexandre-Cosme d'Athabascanie fait découvrir l'astronomie au prince Nicolas des Iles d'Emeraude et au roi Perceval

Le prince Nicolas des Iles d'Emeraude et le roi Perceval passèrent une très bonne nuit dans deux grandes chambres qui avaient un lit à baldaquin garni de draps de couleur vert émeraude avec les armoiries de la famille princière d'Athabascanie brodées en jaune pour le roi Perceval et en bleu azur pour le prince Nicolas des Iles d'Emeraude. Il y avait aussi une grande table et des chaises en bois de chêne recouvertes de soie assortie aux draps des lits. Les chambres du château du prince Alexandre-Cosme d'Athabascanie avaient toutes une salle de bains avec une baignoire en pierre dans le sol. L'eau coulait depuis une source naturelle d'eau chaude.

Le matin, le prince Nicolas des Iles d'Emeraude et le roi Perceval descendirent dans la grande salle à manger où se trouvait le prince Alexandre-Cosme d'Athabascanie avec sa famille.

Le prince Alexandre-Cosme déclara :

- Aujourd'hui, il fait très beau. Ce soir je vous montrerai le ciel étoilé. Je me réjouis beaucoup de vous faire découvrir l'astronomie, sire Perceval et sire Nicolas.

Le prince Alexandre-Cosme avait étudié l'astronomie chez les moines cisterciens de l'abbaye de Notre-Dame-du-Fond-du-Lac en plus de ses études de théologie, de son apprentissage de jardinier et de sa formation de chevalier.

Les journées étaient encore très courtes, ce qui permettait d'observer le ciel très facilement. Vers quatre heures de l'après-midi, le prince Alexandre-Cosme prépara son énorme télescope et le fixa sur une planète qui allait se coucher, puis il appela le prince Nicolas des Iles d'Emeraude et le roi Perceval et dit :

- Sires Nicolas et Perceval, venez voir ! Je vais vous montrer une planète.

Sire Nicolas des Iles d'Emeraude regarda dans le télescope et vit un petit croissant. Puis ce fut le tour du roi Perceval.

Le prince Alexandre-Cosme d'Athabascanie leur expliqua :

- C'est la planète Vénus, une planète proche du Soleil. Les planètes n'émettent pas de lumière, elles sont éclairées par le soleil, ce qui fait la différence avec les étoiles, qui, elles, émettent de la lumière comme le Soleil qui est une étoile. Les planètes n'émettent pas de lumière mais elles reçoivent de la lumière du Soleil, ce qui est le cas pour Jupiter, Saturne,... et aussi pour la Lune.

La princesse Céline-Jeanne les appela :

- Sire Alexandre, sire Nicolas et sire Perceval, le repas est maintenant prêt. Il est l'heure de venir à table. Ensuite, sire Etienne-Alexandre, qui vient nous rendre visite, célèbrera la messe.

La salle à manger était une immense salle rectangulaire avec une très grande table en chêne et des chaises rembourrées recouvertes de soie violette avec des fleurs de lys et des feuilles d'érable jaune d'or. Le repas était composé de poulet et de riz avec des haricots, et d'une tarte aux mûres.

Pendant le repas, le prince Alexandre raconta sa passion pour l'astronomie :

- Il y a une semaine, j'ai vu la planète Uranus qui avait une couleur verdâtre, et j'ai pu voir une nébuleuse lointaine qui devait être Andromède. Mon frère le prince

Etienne-Alexandre, qui s'intéresse aussi à l'astronomie, a pu voir en détail les anneaux de Saturne et la tache rouge de Jupiter.

Le roi Perceval dit :

- Tout cela est vraiment très intéressant, sire Alexandre. J'envisage de promouvoir les études d'astronomie au niveau universitaire, et une initiation des jeunes élèves des écoles fondamentales à l'astronomie, bien que certaines écoles fondamentales commencent à enseigner l'astronomie aux jeunes élèves dans certaines abbayes bénédictines de la partie ancienne du royaume du Saint-Graal. L'astronomie me paraît aussi importante que la rhétorique, la morale, l'histoire et la préhistoire, sans oublier les sciences naturelles. Une question, sire Alexandre : est-ce que les écoles fondamentales de Nouvelle-France enseignent l'astronomie ou du moins l'initiation à l'astronomie ?

Le prince Alexandre-Cosme d'Athabascanie répondit au roi Perceval :

- Je suis très content que vous me posiez cette question, sire Perceval. Oui, certaines écoles fondamentales initient les jeunes élèves, mais ce n'est pas très courant encore, ici, en Nouvelle-France. Mais l'astronomie commence à être enseignée au niveau universitaire. A l'abbaye cistercienne anachorétique de Notre-Dame-du-Fond-du-Lac, il y a des possibilités de suivre des études d'astronomie, et certains moines prêtres enseignants se sont spécialisés dans l'enseignement de l'astronomie.

Le prince Nicolas des Iles d'Emeraude dit à son tour :

- Moi, aussi je trouve l'astronomie très intéressante et j'envisage aussi de promouvoir l'astronomie dans les études universitaires, et l'initiation des jeunes élèves des écoles fondamentales. Je proposerai à l'abbaye de Notre-Dame-de-la-Vallée-des-Miracles, où j'ai fait mes études fondamentales, d'initier les jeunes élèves à l'astronomie, lors de ma prochaine retraite. J'envisage aussi de créer un observatoire à l'université de Fort-Saint-Jean-Baptiste, avec des cours d'astronomie pour les étudiants de l'université.

Le repas terminé, toute la famille se rendit à la messe nocturne présidée par sire Etienne-Alexandre.

Après la messe, les princes Alexandre-Cosme, Nicolas des Iles d'Emeraude et le roi Perceval se rendirent dans la salle du télescope et le prince Alexandre-Cosme d'Athabascanie positionna le grand télescope, regarda dans l'oculaire et dit :

- C'est la nébuleuse d'Andromède qui est située dans la constellation de la Grande Ourse. Venez voir !

Le prince Nicolas regarda dans le télescope et dit :

- C'est une nébuleuse magnifique, brillante et grandiose.

Le roi Perceval s'exclama, en regardant à son tour :

- Elle est vraiment brillante et magnifique, cette nébuleuse !

Le prince Alexandre repositionna son télescope sur la Lune qui allait se coucher. Elle était encore à l'état de gros croissant.

Le prince Alexandre-Cosme d'Athabascanie dit :

- Venez voir sires Nicolas et Perceval.

Le prince Nicolas s'exclama :

- Quel spectacle grandiose, on peut voir le moindre cratère. Viens voir ce spectacle, sire Perceval !

Le roi Perceval vit la Lune dans le télescope et dit :

- C'est vraiment extraordinaire de pouvoir voir la Lune dans tous ses détails.

Un peu plus tard, le prince Alexandre repositionna son télescope sur Saturne et dit :

- C'est la planète Saturne avec ses anneaux. Venez voir, sires Nicolas et Perceval.

Le prince Nicolas regarda et dit :

- C'est un spectacle insolite de voir les anneaux de Saturne dans le détail. Viens voir, sire Perceval !

Le roi Perceval vit les anneaux de Saturne dans le télescope et dit :

- C'est vraiment spectaculaire de voir notre système solaire de plus près.

Puis le prince Alexandre positionna son télescope sur Jupiter et dit :

- Vous pouvez voir Jupiter avec sa grande tache rouge.

Le prince Nicolas et le roi Perceval regardèrent cette grosse planète à l'intérieur du télescope.

Le prince Nicolas des Iles d'Emeraude dit

- C'est vraiment une très grosse planète avec une grosse tache rouge.

Et le roi Perceval ajouta :

- C'est la première fois que je vois Jupiter avec cette grosse tache rouge sur sa surface. Est-ce qu'on peut voir Uranus et Neptune, sire Alexandre ?

Le prince Alexandre répondit :

- Pas ce soir, car il faudrait attendre minuit. Maintenant, il est l'heure d'aller dans les bras de Morphée ou d'aller au lit, si vous préférez. J'ai eu la joie et le plaisir de vous montrer le ciel avec mon télescope, et je vous souhaite une bonne nuit. Faites de beaux rêves.

Le prince Alexandre-Cosme d'Athabascanie aimait utiliser des expressions comme « aller dans les bras de Morphée ». Il aimait aussi montrer le ciel aux visiteurs, mais il était très exact sur le temps qui passait, parfois très vite, et il avait peur, par exemple, de manquer la messe ou de manquer tel ou tel rendez-vous. Il n'était qu'au tout début de son règne et il devait encore apprendre beaucoup de choses, notamment de la part de ses parents.

CHAPITRE VII
Le prince Alexandre-Cosme d'Athabascanie montre au prince Nicolas des Iles d'Emeraude et au roi Perceval un grand parc préhistorique avec de grands canards et de grands cygnes préhistoriques

Après une bonne nuit, le prince Nicolas et le roi Perceval descendirent dans la grande salle à manger. Le prince Alexandre-Cosme leur dit :
- Bonjour, avez-vous passé une bonne nuit sires Nicolas et Perceval ?

Ils lui répondirent :
- Oui, nous avons très bien dormi et nous sommes vraiment heureux d'avoir fait la découverte de l'astronomie.

Le prince Alexandre leur déclara :
- Ce matin, je vais vous montrer la petite ville de Fond-du-Lac. Puis nous reviendrons au château prendre le repas de midi, et cet après-midi je vous emmènerai visiter le parc préhistorique de Fond-du-Lac, où vous pourrez voir les ossements d'un immense canard préhistorique. Il doit même y avoir trois ou quatre canards préhistoriques. Les canards préhistoriques mesuraient deux, voire trois mètres. Vous verrez aussi un squelette de cygne préhistorique qui mesure presque dix mètres de long. Il y a cinq cent mille ans, il y avait d'énormes canards, ici en Nouvelle-France., et ces immenses canards étaient bruns, ou blancs, et plus rarement de couleur beige ou noire. Ils étaient d'une force inimaginable. Quant aux cygnes, c'étaient d'énormes oiseaux imprévisibles. En plus de ma formation en astronomie, de mes études de théologie, et de mon apprentissage de jardinier, j'ai pris des cours de préhistoire, qui étaient proposés en sciences naturelles.

La sœur du prince Gabriel d'Assiniboinie, dame Alice-Charlène, est une experte en préhistoire. Et je dois d'ailleurs me rendre très prochainement dans la principauté d'Assiniboinie, chez le prince Gabriel qui m'a invité.

Le roi Perceval dit alors au prince Alexandre-Cosme d'Athabascanie :

— Si vous allez en Assiniboinie voir le prince Gabriel, pourriez-vous m'emmener avec vous ? Car, je dois absolument reprendre la diligence transcontinentale pour rentrer en Europe.

Sire Alexandre-Cosme d'Athabascanie répondit au roi Perceval :

— Oui, certainement. Puisque vous devez reprendre le chemin de l'Europe et qu'il n'y a pas de diligence, cela me fait un grand plaisir. Et de plus, je ne serai pas seul pour effectuer le voyage.

Après le petit déjeuner, les deux princes Alexandre-Cosme et Nicolas des Iles d'Emeraude, et le roi Perceval, se rendirent dans la ville de Fond-du-Lac.

Sire Alexandre-Cosme commença la visite par la cathédrale et leur expliqua :

— C'est une très belle église de style roman-gothique, et vous pouvez voir les vitraux qui représentent les noces de Cana.

Après la visite de la cathédrale, ils se rendirent tous les trois à la synagogue où ils purent voir des vitraux avec Moïse sur le Mont Sinaï. L'évêque auxiliaire, qui s'appelait Monseigneur Jordan, et le grand prêtre israélite étaient en voyage pastorale en Albertinie, à l'abbaye bénédictine de Notre-Dame-de-Saint-Delacour près de la petite ville d'Eau Claire. Quant à l'évêque de la principauté d'Athabascanie, Monseigneur Jean-Daniel-

René, il était encore à l'abbaye cistercienne anachorétique de Notre-Dame-des-Grandes-Prairies.

Le prince Alexandre-Cosme d'Athabascanie dit au prince Nicolas des Iles d'Emeraude et au roi Perceval :

- Je regrette que l'évêque auxiliaire, Monseigneur Jordan, Monseigneur Jean-Daniel René et le grand prêtre israélite ne soient pas ici. Quand je reviendrai, je les saluerai de votre part.

Puis ils visitèrent le parc de la ville qui était recouvert de neige et de verglas, car il faisait très froid à Fond-du-Lac, même en pleine journée.

Enfin, ils regagnèrent l'atmosphère chaleureuse et chauffée du grand château, où une odeur de plat cuisiné provenait des cuisines, et ou un délicieux repas de midi les attendait. Ce repas était composé de pommes de terre, d'une bonne soupe aux brocolis et d'un dessert aux pommes et poires qui était un des desserts préférés du prince Alexandre-Cosme d'Athabascanie.

Après le repas, le prince Alexandre-Cosme sortit son beau carrosse avec une jument blanche qu'il avait baptisée Julie. Les pierres photoluminescentes du carrosse étaient encore au soleil. Ainsi, il savait qu'ils auraient de la lumière pour leur retour au château, puisque les journées étaient encore très courtes. Les pierres photoluminescentes du carrosse du prince Alexandre-Cosme d'Athabascanie étaient des grenats pour l'arrière du carrosse, des citrines pour l'avant, et quatre pépites de cuivre, deux de chaque côté, pour renforcer l'éclairage de la route. Le prince Nicolas des Iles d'Emeraude et le roi Perceval prirent place dans le carrosse avec le prince Alexandre-Cosme, et ils sortirent du château pour se rendre au parc préhistorique de Fond-du-Lac.

Pendant le court voyage, le prince Alexandre-Cosme dit au prince Nicolas et au roi Perceval :

- Les grands singes qui vivent dans le nord de la Nouvelle-France s'appellent des yetis. Ils sont blancs comme des ours polaires. Il y en a aussi des bruns, des gris et même des noirs, et plus rarement des jaunes. Les yetis n'attaquent jamais les humains mais il ne faut pas s'en approcher. Ici il y a aussi des ours noirs. Les ours polaires qui sont blancs se tiennent très au nord, sur les banquises.

A l'entrée du parc préhistorique le prince Alexandre-Cosme commença son explication sur les canards préhistoriques et dit au prince Nicolas des Iles d'Emeraude et au roi Perceval :

- Vous vous trouvez, sires Nicolas et Perceval, dans un parc préhistorique où se trouve un immense squelette de canard préhistorique que vous verrez un peu plus loin.

Et ils se rendirent auprès d'un immense squelette de canard préhistorique.

Le prince Alexandre leur expliqua :

- C'est le squelette d'un immense canard préhistorique, qui devait mesurer quatre à cinq mètres de long. Vous pouvez voir son bec qui est immense. Les becs des canards préhistoriques avaient exactement la même forme que les becs des canards actuels. Ces grands canards on dû disparaître voilà cinq millions d'années et il y en avait presque dans toute la Nouvelle-France actuelle, alors qu'il y en avait très peu dans l'Europe actuelle. Les canetons préhistoriques gardaient leur duvet plusieurs années, entre trois et cinq ans, et il ne fallait surtout pas s'en approcher, car les canes préhistoriques les protégeaient de très près. Je crois qu'il y a aussi un grand canard préhistorique dans un autre parc préhistorique qui est situé au nord de la ville de Saint-Boniface, dans la principauté d'Athabascanie, au lac de Saint-André et un autre canard préhistorique qui est situé au bord du lac qui s'appelle le lac aux Cygnes Blancs. Je ne sais pas encore si nous irons au parc préhistorique de Saint-André ou à celui du lac aux Cygnes Blancs. D'après mes souvenirs il y a un troisième parc préhistorique qui se trouve au bord du lac des Cormorans. Il y a eu aussi des pélicans préhistoriques et il y en a au parc de la Cité-du-Val-d'Or dans la principauté du Val d'Or. Les pélicans préhistoriques étaient d'énormes oiseaux qui mesuraient dix mètres. Maintenant je vais vous emmener voir le squelette d'un immense cygne préhistorique.

Et ils se rendirent vers le squelette d'un immense cygne préhistorique qui devait mesurer vingt mètres de long.

Le prince Alexandre poursuivit :

- Les cygnes préhistoriques, comme les canards préhistoriques, pouvaient être blancs, gris, bruns ou noirs, et il ne fallait surtout pas s'en approcher, surtout lorsqu'ils pondaient leurs œufs qui devaient avoir la taille d'un petit tonneau. Lorsque les petits sortaient de ces gros œufs, les parents les protégeaient jusqu'à ce que leur duvet laisse la place aux plumes. Les petits des cygnes préhistoriques devaient mesurer trois mètres de long et gardaient leur duvet pendant sept, voire jusqu'à dix ans. Les cygnes préhistoriques vivaient jusqu'à cent ou cent cinquante ans, et même quelquefois jusqu'à deux cents ans, et les canards préhistoriques vivaient jusqu'à cinquante ou soixante, voire quelquefois jusqu'à cent ans. Avez-vous des questions, sires Nicolas des Iles d'Emeraude et Perceval ?

Le prince Nicolas demanda :

- Est-ce qu'il y avait des canards et des cygnes

préhistoriques sur les océans ?

Le prince Alexandre-Cosme d'Athabascanie lui répondit :

- Certainement, mais c'était plutôt rare, car les canards et les cygnes préhistoriques vivaient plutôt sur les grands lacs comme le lac Athabasca. Bon, la nuit tombe et il commence à faire vraiment froid. Rentrons au château.

CHAPITRE VIII
Le roi Perceval prend congé du prince Nicolas des Iles d'Emeraude et se rend en Assiniboinie où il rencontre le prince Gabriel

Après quelques jours, le moment arriva pour le prince Alexandre-Cosme de se rendre à Saint-Boniface pour répondre à l'invitation du prince Gabriel d'Assiniboinie.

Le prince Nicolas des Iles d'Emeraude, lui, s'apprêtait à repartir pour les Iles d'Emeraude avec son cheval Paulain et son carrosse.

Le roi Perceval lui dit :

- Sire Nicolas des Iles d'Emeraude, tu vas bientôt repartir puisque tu dois regagner ton château qui est situé à Fort-Saint-Jean-Baptiste et ton peuple. Je te souhaite un très bon voyage. J'ai eu beaucoup de plaisir à passer ces cinq mois avec toi, et je te remercie m'avoir invité à ton anniversaire, de m'avoir emmené dans ton abbaye cartusienne de Notre-Dame-du-Nid-de-la-Grouse, de m'avoir fait découvrir l'île du Grand-Léviathan, et enfin de m'avoir invité dans ta famille pour Noël et les fêtes de fin d'année, et de m'avoir conduit dans les principautés du nord-ouest de la Nouvelle-France. Que Dieu te bénisse et bénisse toute ta famille.

Le prince Nicolas dit au roi Perceval :

- Cela m'a fait un très grand plaisir de passer ces cinq mois avec toi, sire Perceval, qui es notre roi du Saint-Graal.

Ils s'embrassèrent. C'était pour le roi Perceval une immense émotion de voir partir son ami, qui était presque devenu son frère.

Le roi Perceval dit au prince Nicolas :

- Tu seras toujours le bienvenu chez moi, au château

de la Forêt Mystérieuse. A bientôt, et que Dieu te bénisse.

Après avoir remercié toute la famille du prince Alexandre-Cosme d'Athabascanie, le prince Nicolas des Iles d'Emeraude prépara son carrosse et partit en faisant signe à tout le monde.

Deux jours plus tard, le prince Alexandre-Cosme d'Athabascanie prépara son carrosse et sa jument blanche Julie. Avec sa bonté exemplaire, le prince Alexandre-Cosme accepta de faire une ultime séance d'astronomie avec le roi Perceval.

Il positionna son télescope et dit au roi Perceval :

- Sire Perceval, venez voir, je viens de découvrir Neptune qui a une couleur verdâtre.

Le roi Perceval regarda Neptune dans le télescope et dit :

- C'est une planète qui pourrait ressembler à un melon ou à une pomme verdâtre, et j'ai l'impression que notre système solaire est infini. Et quand peut-on voir Uranus et Pluton, sire Alexandre ?

Le prince Alexandre-Cosme répondit au roi Perceval :

- Pour voir Uranus, il faudrait se lever en pleine nuit et quant à Pluton, il me faudrait un télescope plus puissant.

Le roi Perceval demanda encore :

- Quelle est la couleur de la planète Uranus, sire Alexandre-Cosme ?

Le prince Alexandre-Cosme lui répondit :

- Elle est un peu de la même couleur que Neptune, mais elle est plus pâle. Maintenant il se fait tard et demain nous avons un immense voyage à faire avec Julie, ma jument blanche et mon carrosse. Il est temps d'aller dans les bras de Morphée. Faites de beaux rêves, sire Perceval, notre roi du Saint-Graal.

Le lendemain matin, ils se retrouvèrent dans la grande salle à manger du château princier.

Pendant le petit déjeuner, qui était composé de pain grillé, de beurre avec une confiture aux myrtilles, et d'une boisson au thé, le prince Alexandre-Cosme dit à sa famille :

- Je pars pour la principauté d'Assiniboinie avec sire Perceval, notre roi, car je dois voir le prince Gabriel d'Assiniboinie qui m'attend. Je reviendrai dans deux ou trois semaines. Je confie la principauté à mon frère, sire Etienne-Alexandre, et je transmettrai vos salutations au prince Gabriel d'Assiniboinie.

Après le petit déjeuner, le roi Perceval déclara à la famille princière d'Athabascanie :

- Ce fut un grand honneur pour moi de venir en Athabascanie et de découvrir l'astronomie grâce à votre fils, le prince Alexandre-Cosme.

Le prince Alexandre-Cosme d'Athabascanie et le prince Gabriel d'Assiniboinie se connaissaient très bien et ils se rencontraient très souvent. Tantôt c'était le prince Alexandre-Cosme d'Athabascanie qui partait dans la principauté d'Assiniboinie, et tantôt c'était le prince Gabriel d'Assiniboinie qui se rendait chez le prince Alexandre-Cosme d'Athabascanie. Le prince Gabriel d'Assiniboinie confiait la principauté à sa sœur, la princesse Alice-Charlène, tout comme le prince Nicolas des Iles d'Emeraude avait confié sa principauté des Iles d'Emeraude à son frère, le prince Gille, pendant son voyage dans les principautés du nord-ouest de la Nouvelle-France.

Le carrosse princier quitta l'immense château avec Julie la jument blanche du prince Alexandre-Cosme, pour se rendre dans la principauté d'Assiniboinie et s'enfonça dans l'immense forêt enneigée qui recouvrait presque toute la Nouvelle-France.

Le prince Alexandre-Cosme d'Athabascanie et le roi Perceval s'arrêtèrent dans un ermitage-relais qui se trouvait à la Cité-de-la-Pointe-du-Nord. Il était tenu par un tertiaire de l'abbaye cartusienne de Notre-Dame-du-Lac-des-Cygnes où avait étudié le prince Gabriel d'Assiniboinie entre seize et vingt et un ans.

Ce tertiaire était aussi chevalier à la cour du prince Bertrand, le père du prince Gabriel d'Assiniboinie, et il s'appelait frère George-Antoine. Les gens qui passaient dans son ermitage-relais l'appelaient aussi sire George-Antoine puisqu'il était chevalier.

Frère George-Antoine était de taille moyenne, avec une petite barbe et des cheveux très courts, car il avait gardé sa coupe de moine. Il avait aussi fait des études de théologie chez les moines cartusiens de l'abbaye de Notre-Dame-du-Lac-des-Cygnes.

Devenu moine pendant trois ans, frère George-Antoine avait préféré, juste avant sa profession solennel, entrer dans le tiers-ordre cartusien et retourner dans le monde, mais il avait gardé des relations étroites avec l'abbaye cartusienne de Notre-Dame-du-Lac-des-Cygnes.

Le frère George-Antoine vit s'arrêter un carrosse avec des pierres photoluminescentes, et deux jeunes sires en descendre. Le prince Alexandre-Cosme d'Athabascanie frappa à la porte.

Frère George-Antoine alla ouvrir la porte de l'ermitage-relais et dit :

- Bonsoir, sires, comment allez-vous et quelle est votre destination ?

Le prince Alexandre-Cosme dit au frère George-Antoine :

- Je suis le prince Alexandre-Cosme d'Athabascanie. Je suis en compagnie de sire Perceval, notre roi du Saint-Graal. Nous nous rendons à Saint-Boniface, dans la principauté d'Assiniboinie, chez le prince Gabriel.

Le frère George-Antoine dit au prince Alexandre-Cosme et au roi Perceval :

- Entrez et venez vite au chaud. Je suis ravi de vous connaître, sire Perceval, notre roi. Et je suis ravi aussi de vous rencontrer, sire Alexandre, car je vous connais un peu. Le prince Gabriel m'a parlé de vous et de votre passion pour les étoiles. Je connais très bien le prince Gabriel d'Assiniboinie, car j'étais son professeur de latin. Mais, sans vouloir quitter l'ordre de saint Bruno, j'ai préféré rejoindre le tiers-ordre après une très brève carrière de moine professeur. Après mon adoubement comme chevalier à la cour du prince Bertrand, le père de notre prince Gabriel qui règne sur l'Assiniboinie, je suis entré dans les ordres comme moine, moine prêtre, et enfin comme professeur, mais j'ai préféré retourner dans le monde tout en gardant des relations très étroites avec les moines cartusiens de l'abbaye de-Notre-dame-du-Lac-des-Cygnes. J'ai donc fait mon noviciat après mon adoubement comme chevalier.

Après le souper qui était composé de pain grillé avec du beurre et du miel et d'une tisane de menthe, le frère George-Antoine dit au prince Alexandre-Cosme et au roi Perceval :

- Passez une bonne nuit, sire Alexandre d'Athabascanie et sire Perceval, notre roi.

Et il les accompagna jusqu'à leurs chambres respectives. Les chambres étaient petites mais très confortables. Chaque chambre avait un lit, une table avec une pierre photoluminescente posée sur un porte-pierre qu'on pouvait ranger dans la table, et une chaise en bois de sapin. Les fenêtres donnaient sur l'immense forêt enneigée.

Quand les deux jeunes sires se réveillèrent, ils descendirent dans la salle à manger de l'ermitage-relais de la Cité-de-la-Pointe-du-Nord.

Frère George-Antoine leur dit :

- Bonjour, sires Alexandre et Perceval, notre roi du Saint-Graal, comment avez-vous dormi ?

Le prince Alexandre-Cosme lui répondit :

- J'ai très bien dormi.

Et le roi Perceval dit à son tour :

- Moi aussi, j'ai très bien dormi et la nuit a été très bonne. Nous vous remercions de votre accueil, frère George-Antoine.

Et le prince Alexandre-Cosme d'Athabascanie et le roi Perceval reprirent leur voyage. Ils arrivèrent à la Cité-du-Lac-des-Dauphins où ils s'arrêtèrent dans une auberge pour passer la nuit.

Le souper était composé d'une soupe de pommes de terre, d'une tranche de pain grillé et d'une tourte aux mûres.

Au cours du repas, le prince Alexandre-Cosme dit au roi Perceval :

- Sire Perceval, je connais un parc préhistorique qui se trouve près de cette petite ville, mais je ne sais pas s'il s'y trouve aussi un grand canard préhistorique.

Après une bonne nuit, ils virent un temps ensoleillé et le soleil faisait briller la neige recouvrant l'immense forêt, ce qui offrait un spectacle féerique.

Le prince Alexandre-Cosme d'Athabascanie et le roi Perceval reprirent leur carrosse pour aller au parc préhistorique où ils découvrirent le squelette d'un immense pélican préhistorique de quinze mètres de long.

Le prince Alexandre dit au roi Perceval :

- Regardez son bec ! Ces énormes pélicans préhistoriques devaient mesurer entre dix et quinze mètres. Certains mesuraient même jusqu'à vingt mètres de long. Et les pélicans juvéniles devaient mesurer entre un et trois mètres de long et gardaient leur duvet pendant cinq à dix ans. Les pélicans préhistoriques ont disparu il y a environ cinq cent mille ans. Ils vivaient jusqu'à cent ou cent cinquante ans, plus rarement jusqu'à deux cents ans.

Ils visitèrent un autre parc préhistorique qui se trouvait à une demi-heure de carrosse du parc aux pélicans préhistoriques, et qui possédait un grand canard préhistorique et un cygne préhistorique. Il y avait aussi des squelettes de dinosaures et des tortues terrestres géantes.

Le prince Alexandre-Cosme dit au roi Perceval :

- C'est une tortue terrestre qui mesurait vingt mètres de long. Il y a aussi une grande tortue au parc préhistorique de Saint-Ambroise, au bord du lac d'Assiniboinie.

Le prince Alexandre-Cosme et le roi Perceval reprirent leur route. Ils s'arrêtèrent dans une petite ville appelée Sainte-Amaranthe dans une auberge située au bord du lac d'Assiniboinie. Sainte-Amaranthe avait une abbaye bénédictine anachorétique qui s'était spécialisée dans les études fondamentales, et beaucoup de fils de nobles étudiaient dans cette abbaye entre six et seize ans et passaient leur diplôme d'études fondamentales. Mais le prince Alexandre et le roi Perceval ne la visitèrent pas car ils n'avaient pas le temps.

Pendant le repas, composé d'une soupe de carottes, et

de poissons grillés et d'une tranche de gâteau aux fruits rouges, le roi Perceval dit au prince Alexandre-Cosme d'Athabascanie :

— Vous m'avez appris beaucoup de choses, sire Alexandre, sur les canards et les cygnes préhistoriques, et maintenant sur les pélicans et les tortues préhistoriques.

Le prince Alexandre-Cosme répondit au roi Perceval :

— Ce fut un plaisir pour moi de vous faire découvrir les parcs préhistoriques du nord de la Nouvelle-France.

Le prince Alexandre-Cosme aimait beaucoup faire partager sa passion pour la préhistoire et pour l'astronomie.

Il était aussi passionné par la géographie, depuis ses études fondamentales, et cela lui était bien utile depuis son couronnement, car il devait très souvent se déplacer à travers les principautés du nord-ouest de la Nouvelle-France.

CHAPITRE IX
Le prince Alexandre-Cosme d'Athabascanie et le roi Perceval passent quelques jours en compagnie du prince Gabriel d'Assiniboinie

Le prince Alexandre-Cosme d'Athabascanie et le roi Perceval reprirent la route pour Saint-Boniface, où ils arrivèrent dans la soirée. Ils reconnurent l'immense château du prince Gabriel d'Assiniboinie et s'approchèrent du portail de bois de chêne qui était derrière une grille de fer. Le prince Alexandre-Cosme d'Athabascanie sortit sa corne et souffla dedans. L'énorme grille se leva, la grande porte en bois de chêne s'ouvrit et le prince Gabriel d'Assiniboinie alla à leur rencontre et leur dit :

- Bienvenue en Assiniboinie ! Venez et entrez donc dans mon château où vous serez bien au chaud. Avez-vous fait bon voyage, sire Alexandre d'Athabascanie et sire Perceval, notre roi du Saint-Graal ?

Il les fit entrer dans la grande salle de réunions, qui était chauffée par une immense cheminée. La neige recommençait à tomber, mais le prince Gabriel avait préparé un bon feu.

Quand l'heure du repas arriva, le prince Gabriel dit au prince Alexandre-Cosme et au roi Perceval :

- Je vous convie à venir manger un bon repas composé de pommes de terre et de carottes, et d'un très bon dessert. Ensuite il y aura la messe. Demain je vous emmènerai à l'université pour entendre une conférence sur l'astronomie.

Le prince Alexandre-Cosme dit au prince Gabriel :

- Cela tombe bien car je me passionne pour l'astronomie, et je suis sûr que notre roi Perceval appréciera cette conférence. Sire Gabriel, je suis venu te rendre visite, car je voulais te voir. Je compte rester une semaine mais sire Perceval, notre roi, va devoir reprendre la diligence pour Mont-Royal d'où il reprendra le bateau pour rentrer en Europe, dans la partie ancienne du royaume du Saint-Graal.

Le roi Perceval dit au prince Gabriel d'Assiniboinie :

- Sire Gabriel, je souhaiterais savoir quand part la prochaine diligence en direction de Mont-Royal ?

Le prince Gabriel d'Assiniboinie dit au roi Perceval :

- La prochaine diligence pour la direction de Mont-Royal est dans trois jours, et il y en a une autre dans six jours. Qu'en pensez-vous sire Perceval ?

Le roi Perceval réfléchit et répondit au prince Gabriel :

- Je pense que je prendrai la diligence qui partira dans six jours, pour pouvoir profiter de ma halte dans la principauté d'Assiniboinie.

La princesse Alice-Charlène vint alors se joindre aux princes Gabriel et Alexandre-Cosme et au roi Perceval.

Elle leur dit :

- Bonsoir sires, quelle belle surprise de voir le prince Alexandre-Cosme d'Athabascanie en compagnie de notre roi Perceval !

Le prince Alexandre-Cosme se leva et dit à la princesse Alice-Charlène :

- Je suis heureux de vous revoir, dame Alice-Charlène. Comment allez-vous ?

La princesse Alice-Charlène lui répondit :

- Je vais très bien, je continue ma carrière de professeure à l'université de Saint-Boniface où se tiendra demain une conférence sur l'astronomie, et je continue mes recherches dans le domaine de la préhistoire.

Le prince Alexandre-Cosme dit à la princesse Alice-

Charlène :

- En plus de ma passion pour l'astronomie, je me passionne pour l'étude de la préhistoire et j'ai fait découvrir à notre roi Perceval les parcs préhistoriques où nous avons pu admirer les squelettes de grands canards et des grands cygnes préhistoriques.

La princesse Alice-Charlène dit aux prince Alexandre-Cosme et au roi Perceval :

- Il y a aussi eu des pélicans et des très grands cormorans préhistoriques, et il y a un énorme squelette de cormoran au parc paléontologique de Saint-Ambroise. Il y a aussi un immense cygne préhistorique au parc préhistorique de Saint-Martin-du-Lac.

Le prince Gabriel d'Assiniboinie dit alors au prince Alexandre-Cosme et au roi Perceval :

- La cloche sonne, il est l'heure d'aller à la messe.

Après la messe qui avait lieu dans la chapelle du grand château, les princes Alexandre-Cosme d'Athabascanie et Gabriel d'Assiniboinie se rendirent dans leurs chambres respectives. Quant au roi Perceval, il était logé dans la suite royale.

Le roi Perceval avait hâte de revoir le printemps et l'été, et aussi de revoir son immense château octogonal de la Forêt Mystérieuse, bien qu'il ait beaucoup aimé son voyage en Nouvelle-France.

Au matin, le roi Perceval descendit dans la salle à manger du château. Le prince Gabriel d'Assiniboinie et le prince Alexandre-Cosme d'Athabascanie étaient déjà assis à la grande table. Ils prirent un copieux petit déjeuner composé de pain grillé, de beurre et d'une délicieuse confiture à l'orange ainsi que d'un bol de thé.

Le prince Gabriel dit au prince Alexandre et au roi Perceval :

- Après le petit déjeuner, nous partirons pour l'université de Saint-Boniface écouter le révérend professeur Cyrius, qui enseigne l'astronomie à l'université de Saint-Boniface. Couvrez-vous bien car il fait vraiment très froid dehors, et faites très attention car il a gelé et les sols sont très glissants.

Ils se couvrirent de très longs manteaux en daim et en laine de mouton, et mirent de grosses bottes qui montaient jusqu'aux genoux.

Puis ils se rendirent à l'université de Saint-Boniface où la conférence du professeur Cyrius allait commencer.

Le révérend professeur Cyrius accueillit l'assemblée :

- Bonjour, je vous souhaite la bienvenue, jeunes gens et jeunes demoiselles. Je m'appelle Cyrius, j'enseigne l'astronomie ici, à l'université de Saint-Boniface. Comme vous le savez certainement, les planètes tournent autour du Soleil. Ce ne sont pas des étoiles qui émettent de la lumière ; elles sont éclairées par le Soleil, tout comme la Lune. Lorsque la nuit est claire, on peut voir la Voie Lactée qui est un des bras de notre galaxie. Notre galaxie est une très grande galaxie qui mesure plusieurs centaines de milliers de fois la distance entre le Soleil et la planète la plus lointaine du système solaire qui s'appelle Pluton. Quant à la Lune elle présente toujours la même face vers la Terre.

Après la conférence du professeur Cyrius, et le repas pris avec les étudiants et les professeurs, le prince Gabriel convia le prince Alexandre-Cosme et le roi Perceval à visiter l'université de Saint-Boniface.

Il leur expliqua :

- L'université de Saint-Boniface a été fondée en l'an de grâce onze cent cinq, en même temps que l'abbaye cartusienne de Notre-Dame-du-Lac-des-Cygnes où j'ai étudié la théologie.

Le roi Perceval demanda au prince Gabriel :

- Y a-t-il beaucoup d'étudiants, ici, à l'université de Saint-Boniface ?

Le prince Gabriel d'Assiniboinie lui répondit :

- Il y a environ cinq cents étudiants. Bon nombre de fils et de filles de nobles de toute la Nouvelle-France et même d'Europe ont étudié ici à Saint-Boniface. Dans toute la Nouvelle-France, il y a sept universités : à Mont-Royal, ici à Saint-Boniface en Assiniboinie, à Sainte-Régine dans la principauté de Mystiminie, à Saint-Albert et à Eau Claire dans la principauté d'Albertinie, à Granville dans la principauté des Iles d'Emeraude, et à Fond-du-Lac en Athabascanie.

Le prince Alexandre-Cosme demanda :

- L'astronomie est-elle enseignée ici comme dans la principauté d'Athabascanie, et combien y a-t-il d'étudiants en astronomie ?

Le prince Gabriel répondit au prince Alexandre-Cosme d'Athabascanie :

- Oui, il y a une cinquantaine d'étudiants en astronomie. Après le repas, je vous montrerai le gymnase de l'université.

Et en début d'après-midi, le prince Gabriel emmena le prince Alexandre-Cosme d'Assiniboinie et le roi Perceval découvrir le gymnase de l'université de Saint-Boniface. C'était une structure imposante qui ressemblait à un cirque romain. Le sol de l'immense salle était recouvert de marbre blanc. Il y avait des anneaux, qui pendaient du plafond, des chevaux d'arçon. Et il y avait des bassins d'eau chaude, comme au temps des Romains.

Le prince Gabriel expliqua au prince Alexandre-Cosme et au roi Perceval :

- Voilà. Nous sommes dans le gymnase de l'université de Saint-Boniface. Vous pouvez voir les anneaux qui servent pour les exercices de gymnastique, et vous pouvez voir aussi le beau plancher en marbre blanc. Au fond du gymnase, il y a des chevaux d'arçon, qui servent aussi à la gymnastique.

Il poursuivit la visite et dit :

- Et ici, nous sommes dans la salle des bassins où les jeunes athlètes prennent des bains après la gymnastique. Je pense que le prince qui a fondé l'université de Saint-Boniface a voulu recréer ce que les Romains avaient connu dans l'Antiquité. Et comme vous pouvez le voir, ce gymnase a été construit selon la même architecture que les gymnases romains dans l'Antiquité.

Le prince Alexandre-Cosme d'Athabascanie s'exclama :

- C'est vraiment magnifique que cette université ait un vrai gymnase avec des bassins pour se faire du bien après des efforts physiques ! Lorsque je rentrerai en Athabascanie, je demanderai que l'on construise des gymnases dans chaque université, dans chaque séminaire de formation de prêtres et dans chaque école fondamentale, car j'estime que la gymnastique est tout aussi importante que la morale ou la rhétorique.

Le prince Gabriel d'Assiniboinie demanda alors au prince Alexandre d'Athabascanie :

- Y a-t-il un gymnase, à l'université de Fond-du-Lac, sire Alexandre ?

Le prince Alexandre répondit au prince Gabriel :

- Oui, nous avons un gymnase, mais il est peu utilisé par les étudiants et il n'est pas aussi immense que le gymnase de votre université. Lorsque je rentrerai en Athabascanie, je ferai agrandir le gymnase actuel de notre université en le dotant de bassins d'eau chaude et je crois que non seulement les étudiants, mais aussi les professeurs feront de la gymnastique. Tout le monde sera heureux de faire de la gymnastique après les heures de cours.

Le prince Gabriel demanda au roi Perceval :

- Et dans les universités de la partie ancienne du royaume du Saint-Graal, y a-t-il des gymnases, sire Perceval ?

Le roi Perceval lui répondit :

- Oui, nous avons des gymnases dans nos universités mais, comme dans la principauté d'Athabascanie, ils ne sont pas assez utilisés. C'est pourquoi, je demanderai que l'on renforce les cours de gymnastique dans les écoles fondamentales, les universités et dans les séminaires de formation des prêtres. Même les jeunes gens qui sont appelés à devenir prêtres auraient besoin de faire plus de gymnastique après les cours. « Mens sana in corpore sano. Un esprit sain dans un corps sain. » Et je suis sûr que les jeunes gens apprécieront. Dans les écoles fondamentales, il y a des cours de gymnastique. Mais ensuite, hormis les écuyers, les jeunes gens ne font plus de gymnastique.

La gymnastique n'avait certes pas totalement disparu pendant les années sombres du Moyen-âge, mais elle avait perdu de l'importance

Le roi Perceval dit encore :

- Je rétablirai aussi les jeux olympiques qui auront lieu tous les quatre ans, et remplaceront les combats qui opposent épisodiquement les différents peuples qui composent le royaume du Saint-Graal. Ainsi, je montrerai une fois de plus que nous sommes sortis des années sombres du Moyen-âge.

Le prince Gabriel d'Assiniboinie dit au prince

Alexandre-Cosme et au roi Perceval :

- Il commence à faire nuit et froid. Rentrons au château, où un bon souper nous attend.

En chemin, ils contemplèrent un coucher de soleil qui offrait un spectacle féerique car la lumière du soleil devenait rose orangée, ce qui donnait une très belle couleur à la neige.

Au château, ils partagèrent un délicieux souper qui était composé d'une soupe de pommes de terres avec du pain grillé, et d'une tarte aux pruneaux, tout en poursuivant leur conversation.

Le prince Gabriel dit à ses deux compagnons :

- C'est ma sœur, la princesse Alice-Charlène et moi qui dirigeons l'université de Saint-Boniface, avec l'aide du professeur Cyrius. Une jeune princesse comme Alice-Charlène et un jeune prince comme moi-même ont encore besoin d'être épaulés pour les affaires très importantes. Demain je vous emmènerai à l'abbaye bénédictine de Notre-Dame-de-la-Forêt, dans la petite ville de Sainte-Anne. J'y ai fait mes études fondamentales. Nous verrons si nous y passons une ou deux nuits, car notre roi, sire Perceval, devra bientôt reprendre la diligence pour Mont-Royal.

Le roi Perceval répondit au prince Gabriel :

- Je pense que j'ai encore un peu de temps. De toute façon il y a une diligence deux fois par semaine, dans les deux sens. Et puis, je me sens très bien ici.

Le prince Alexandre-Cosme ajouta :

- Moi aussi, je peux encore consacrer un peu de temps à la découverte de cette belle principauté d'Assiniboinie.

Le souper prit fin dans une très bonne ambiance et les deux jeunes princes, Gabriel d'Assiniboinie et Alexandre-Cosme d'Athabascanie, et le roi Perceval, se rendirent dans leurs chambres respectives pour passer une bonne nuit bien au chaud dans l'immense château du prince Gabriel d'Assiniboinie.

Dehors il avait beaucoup neigé et même gelé. Mais dans l'immense château du prince Gabriel d'Assiniboinie, il faisait une douce chaleur, car le prince Gabriel avait fait chauffer presque toutes les pièces du grand château. Ses chevaliers-bûcherons avaient préparé beaucoup de grosses bûches. Chaque fois qu'un arbre était coupé, le prince Gabriel faisait immédiatement planter deux ou trois jeunes arbres, afin que la forêt princière puisse se renouveler. Et la forêt princière était une immense forêt de plusieurs dizaines de kilomètres autour de la ville de Saint-Boniface.

Au matin, le prince Alexandre-Cosme et le roi Perceval retrouvèrent le prince Gabriel et la princesse Alice-Charlène qui allaient commencer à prendre leur petit déjeuner.

Dame Alice-Charlène dit :

- Je suis très heureuse que sire Perceval, notre roi du Saint-Graal, ait découvert notre belle université de Saint-Boniface en compagnie du prince Alexandre-Cosme d'Athabascanie. Nous avons beaucoup de chance d'avoir une université renommée. Et nous sommes heureux de la diriger, sire Gabriel et moi-même. Qu'allez-vous faire aujourd'hui ?

Le prince Gabriel d'Assiniboinie lui répondit :

- Aujourd'hui, je vais emmener le prince Alexandre d'Athabascanie et sire Perceval, notre roi, à l'abbaye bénédictine de Notre-Dame-de-la-Forêt, dans la petite ville de Sainte-Anne. Nous prendrons le repas avec les moines et les jeunes élèves de l'école fondamentale.

Après le petit déjeuner, le prince Gabriel

d'Assiniboinie alla préparer son cheval blanc, Amédée. Le prince Gabriel et sa famille avait plusieurs chevaux, entre autres une jument blanche qui s'appelait Almathée, mais le prince Gabriel d'Assiniboinie était plus familier avec Amédée, beaucoup moins capricieux qu'Almathée. Amédée avait une tache grise sur le dos et cela permettait au prince Gabriel de le reconnaître.

Le prince Alexandre-Cosme d'Athabascanie et le roi Perceval se couvrirent de longs manteaux épais et de grosses bottes de cuir très épaisses qui montaient jusqu'aux genoux. Les manteaux étaient en cuir comme les bottes et étaient de couleur beige.

Le prince Gabriel d'Assiniboinie vit le prince Alexandre d'Athabascanie et le roi Perceval et leur dit :

- Vous êtes prêts, je vois que vous avez mis de grosses bottes et de gros manteaux, car il fait encore très froid. Ici, en Nouvelle-France, les hivers sont particulièrement longs et froids, surtout en Assiniboinie et en Athabascanie.

Avant de partir, le prince Gabriel tint à rassurer la princesse Alice-Charlène :

- Dame Alice-Charlène, ne t'en fais pas. Je vais bien prendre soin de ces deux jeunes sires, Alexandre-Cosme et Perceval, notre roi, et nous serons de retour au château en fin de soirée.

Le voyage entre Saint-Boniface et Sainte-Anne-de-la-Forêt prit environ deux heures. Devant le portail de son abbaye bénédictine de Notre-Dame-de-la-Forêt, le prince Gabriel d'Assiniboinie souffla dans sa corne.

Un moine vint à la rencontre des deux princes Gabriel et Alexandre-Cosme et du roi Perceval et leur dit :

- Bonjour. Mais quelle belle surprise ! Voici notre ancien élève, Gabriel, notre prince régnant.

Ce moine venait d'être ordonné. Il était désormais moine prêtre. Il s'appelait le révérend Julien et il avait aussi été élève à l'école de l'abbaye bénédictine de Notre-Dame-de-la-Forêt. Il avait obtenu son diplôme d'études fondamentales trois ans après l'entrée du prince Gabriel à l'école fondamentale de l'abbaye bénédictine de Notre-Dame-de-la-Forêt, et il était allé étudier la théologie au séminaire de prêtres de l'abbaye cistercienne de Notre-Dame-de-Saint-Ambroise avant de revenir ici comme moine, puis moine prêtre. Il enseignait la morale, le latin, la rhétorique et l'histoire.

Le révérend Julien ajouta aussitôt :

- Entrez donc, sire Gabriel, nous allons faire plus ample connaissance dans le parloir du monastère. Et qui sont donc ces deux jeunes sires, sire Gabriel ?

Le prince Gabriel dit au révérend Julien :

- Je vous présente le prince Alexandre-Cosme d'Athabascanie, et sire Perceval, notre roi du Saint-Graal.

Puis le roi Perceval dit au révérend Julien :

- C'est un très grand bonheur pour moi de venir passer une journée dans l'école fondamentale de votre prince régnant et je suis sûr que vos jeunes élèves vont être heureux de rencontrer le roi du Saint-Graal.

Le révérend Julien appela le révérend père abbé Oscar-Jean-Bernard, qui connaissait très bien le prince Gabriel.

Le révérend père abbé Oscar-Jean-Bernard dit :

- C'est une très grande joie d'accueillir notre ancien élève qui est maintenant notre prince régnant. Cela tombe très bien, car aujourd'hui le chœur de notre école va donner un concert avec un répertoire très riche. Il se produira cet après-midi dans notre amphithéâtre. Auparavant, nous allons nous rendre à la messe de midi qui sera précédée de l'office de prime. Je vous souhaite la bienvenue, sires Gabriel, Alexandre et Perceval.

Les deux jeunes princes, Gabriel d'Assiniboinie, Alexandre-Cosme d'Athabascanie et le roi Perceval se rendirent à l'église du monastère, et assistèrent à la messe en compagnie de tous les jeunes élèves de l'école fondamentale et des moines professeurs de l'abbaye bénédictine de Notre-Dame-de-la-Forêt.

Une fois la messe terminée, le père abbé Oscar-Jean-Bernard convia les deux jeunes princes, Gabriel d'Assiniboinie et Alexandre-Cosme d'Athabascanie ainsi que le roi Perceval au réfectoire des moines. Pour les moines ce fut un grand honneur d'accueillir un jeune prince régnant accompagné d'un autre jeune prince et du roi Perceval.

Le révérend Oscar-Jean-Bernard prit la parole et dit aux moines avant le repas :

- Aujourd'hui, nous accueillons notre prince régnant, sire Gabriel d'Assiniboinie, accompagné de sire Alexandre-Cosme d'Athabascanie et de sire Perceval, notre roi qui règne sur tout le royaume du Saint-Graal. C'est pour nous un très grand honneur et une immense joie de les accueillir dans notre réfectoire, pour partager ce repas de midi. Après le repas, nous aurons la joie d'écouter le chœur des élèves. Que Dieu bénisse la présence des sires Gabriel d'Assiniboinie, Alexandre-Cosme d'Athabascanie et Perceval notre roi, et qu'il bénisse ce repas.

Le repas était composé d'une soupe de carottes, de pommes de terre et d'une tarte aux pommes et aux pruneaux.

Après l'office de none, tous regagnèrent le grand amphithéâtre de l'école fondamentale pour assister au concert de chants organisé par le chœur des jeunes élèves de l'école fondamentale de l'abbaye bénédictine de Notre-Dame-de-la-Forêt. Ces jeunes élèves aux voix enfantines émurent profondément les deux princes Gabriel d'Assiniboinie, Alexandre-Cosme et le roi Perceval. Le concert des chanteurs de l'école fondamentale de Notre-Dame-de-la-Forêt dura deux heures. Après quoi les sires Gabriel, Alexandre-Cosme et Perceval furent conviés dans une autre salle du monastère où le révérend Oscar-Jean-Bernard tenait à avoir un entretien avec eux.

Le révérend père abbé Oscar-Jean-Bernard était un homme de taille moyenne, avec des cheveux très courts et une petite barbe. Il avait environ soixante ans. Il dit aux deux princes Gabriel d'Assiniboinie, Alexandre-Cosme d'Athabascanie et au roi Perceval :

- J'ai été émerveillé par le chœur de notre école fondamentale et ces jeunes élèves ont bien chanté. Ils sont très disciplinés, à part quelques-uns à qui il faut toujours répéter les mêmes choses. Dans l'ensemble, ils ont bien travaillé et nous sommes contents d'eux. Et vous sire Gabriel, que devenez-vous ?

Le prince Gabriel d'Assiniboinie répondit au révérend père abbé Oscar-Jean-Bernard :

- Et bien, j'ai fait mes études de théologie et un apprentissage de forestier chez les moines cartusiens de Notre-Dame-du-Lac-des-Cygnes, et j'ai fait mon noviciat de tertiaire cartusien. J'ai ensuite été adoubé chevalier par mon père, sire Bertrand, qui m'a couronné prince régnant, et j'ai pris en main la principauté d'Assiniboinie.

Le prince Alexandre-Cosme d'Athabascanie dit au révérend père abbé :

- Pour ma part, je suis en visite diplomatique chez le prince Gabriel d'Assiniboinie, accompagné de sire

Perceval, notre roi.

Et le roi Perceval dit à son tour :

- J'ai fait mes études fondamentales chez des moines bénédictins, à l'abbaye de Mouthier-Royal, une abbaye bénédictine célèbre dans tout le royaume du Saint-Graal. Puis je suis parti en Angleterre, chez le Roi Arthur qui avait hiberné six siècles dans une grotte avant de reprendre son règne. C'est lui qui a assuré ma formation de chevalier, et en même temps, j'ai suivi des études de théologie. Je suis ensuite parti en Israël pour mettre un terme aux croisades, car j'avais fait un rêve dans lequel Dieu m'avait demandé de mettre fin aux croisades. Une fois les croisades terminées, j'ai contribué à l'organisation d'une conférence sur la paix internationale et interreligieuse. Je suis rentré en Europe et j'ai remis le traité de paix internationale et interreligieuse au pape Joachim qui l'a signé. Puis je suis rentré en France où je me suis arrêté chez les moines cisterciens de Clairvaux pour effectuer une retraite durant laquelle j'ai découvert le Vase sacré du Saint-Graal. A la suite de cette découverte, le Roi Arthur m'a couronné roi après avoir pris la décision de créer un nouveau royaume qui regroupe toute l'Europe et la Nouvelle-France. J'ai fait un noviciat de tertiaire et, à la suite de l'invitation du prince Nicolas des Iles d'Emeraude, je suis venu découvrir la Nouvelle-France.

Le révérend Oscar-Jean-Bernard dit au roi Perceval :

- Votre histoire est vraiment extraordinaire et nous pouvons être heureux que vous ayez retrouvé le Vase sacré, et que, grâce à vous, nous ayons quitté ces sinistres années sombres du Moyen-âge.

Puis le prince Gabriel d'Assiniboinie prit la parole :

- Je suis vraiment content de revoir mon ancienne

école fondamentale où j'ai passé une enfance si heureuse. Je reviendrai vous voir, bien que n'étant pas tertiaire de cette abbaye bénédictine. Mais je m'aperçois que le soleil commence à décliner. Nous allons devoir vous quitter, cher révérend père abbé Oscar-Jean-Bernard. Que Dieu vous bénisse et un très grand merci pour votre accueil et pour ce beau concert de chorale. A bientôt.

Au château du prince Gabriel, ils furent accueillis par la princesse Renée-Marie-Noëlle et le prince Bertrand :

- Bonsoir, sire Gabriel. Nous avons appris par la princesse Alice-Charlène que vous étiez allés, avec sire Alexandre-Cosme d'Athabascanie et notre roi, sire Perceval, à l'abbaye bénédictine de Notre-Dame-de-la-Forêt.

La princesse Renée-Marie-Noëlle dit à son fils, le prince Gabriel :

- Et j'ai aussi appris que tu as emmené le prince Alexandre-Cosme et notre roi, sire Perceval, visiter l'université de Saint-Boniface.

Le prince Gabriel dit à ses parents :

- C'est exact. J'ai eu beaucoup de plaisir à leur faire découvrir l'université de Saint-Boniface et, aujourd'hui, mon ancienne école fondamentale.

Puis l'heure du repas du soir arriva et tout le monde fut convié à se rendre dans la salle à manger de l'immense château du prince Gabriel.

CHAPITRE X
Le prince Gabriel d'Assiniboinie et le roi Perceval prennent congé du prince Alexandre-Cosme d'Athabascanie et se rendent au parc préhistorique de Saint-Ambroise puis à l'abbaye cistercienne anachorétique de Notre-Dame-de-Saint-Ambroise

Après le petit déjeuner, le prince Alexandre-Cosme d'Athabascanie prit congé du prince Gabriel d'Assiniboinie et du roi Perceval.

Il leur dit :

- C'est maintenant pour moi l'heure de partir, car mon peuple m'attend en Athabascanie et mon devoir m'appelle là-bas, à Fond-du-Lac. J'ai eu un grand plaisir à faire ce voyage à travers les immenses forêts de Nouvelle-France en votre compagnie, sire Perceval, et à vous montrer tous ces parcs préhistoriques. Quant à toi, sire Gabriel, je vous remercie de tout mon cœur, toi et ta famille, de m'avoir si bien accueilli. A bientôt et que Dieu vous bénisse tous.

Le prince Gabriel d'Assiniboinie dit au prince Alexandre-Cosme d'Athabascanie :

- Pour nous tous, cela à été une joie de t'accueillir parmi nous. J'espère que je pourrai bientôt venir te voir dans ton beau château à Fond-du-Lac, en Athabascanie, lorsque ce long hiver aura pris fin. Sois prudent, fais attention aux yetis et aux ours, et que Dieu te garde, t'accompagne et te bénisse.

Il était courant que les princes se tutoient, lorsqu'ils étaient jeunes et devenaient amis, mais les jeunes princes et princesses de Nouvelle-France devaient toujours vouvoyer le roi Perceval, même s'il était encore un jeune homme et avait le même âge qu'eux.

Après le départ du prince Alexandre-Cosme, le prince Gabriel d'Assiniboinie dit au roi Perceval :

- Ce matin, nous irons visiter le parc préhistorique de Saint-Ambroise. Ensuite, nous irons passer quelques jours chez les moines cisterciens anachorétiques de l'abbaye de Notre-Dame-de-Saint-Ambroise car le pape Joachim vient leur rendre visite, et il doit y faire une conférence sur les sept sacrements de l'Eglise. J'ai trouvé hier, après que vous soyez parti vous coucher, une lettre d'invitation à venir écouter le pape Joachim. J'imagine que vous serez heureux de vous revoir.

Le roi Perceval dit au prince Gabriel :

- Tu peux me tutoyer. Même si je suis roi du Saint-Graal, je suis encore un jeune homme et cela me gêne que tu me vouvoies. En principe, je n'autorise pas que l'on me tutoie. Mais vois-tu, nous sommes encore des jeunes gens de noble famille qui sont au matin de leur règne de roi et de prince.

Ils partirent visiter le parc préhistorique de Saint-Ambroise, une petite ville située au bord de l'immense lac Assiniboine, un nom qui vient de celui d'une tribu de l'époque préhistorique. A l'apparition des grands hivers froids et interminables, la tribu assiniboine avait quitté l'actuelle Assiniboinie pour aller se réfugier dans les bayous qui se trouvent au sud du pays inconnu, où le climat était beaucoup plus clément, et la tribu assiniboine avait fusionné avec la civilisation cajuns.

Le prince Gabriel dit au roi Perceval :

- Je connais très bien le père abbé de l'abbaye de Notre-Dame-de-Saint-Ambroise. Il enseignait à l'abbaye cartusienne de Notre-Dame-du-Lac-des-Cygnes. Il s'appelle révérend George-Emile. Pour en revenir au parc préhistorique de Saint-Ambroise, il y a le squelette d'un dinosaure aquatique que l'on appelle plésiosaure. Un plésiosaure était un reptile marin qui ressemblait à un dinosaure sur lequel auraient poussé des nageoires. Les plésiosaures ont disparu presqu'en même temps que les dinosaures. Dans ce parc préhistorique, il y a aussi des mammouths et des buffles géants, et aussi des vestiges de l'époque des hommes des cavernes. On a même retrouvé une barque qui date d'il y a cent mille ans. Je me réjouis de retourner dans ce parc préhistorique car la dernière fois que j'y suis allé, c'était il y a dix ans, en l'an de grâce onze cent quatre-vingt-trois, avec les moines bénédictins de l'abbaye de Notre-Dame-du-Lac-de-la-Forêt. J'avais treize ans et ce parc m'avait passionné. Je crois que c'est depuis cette première visite que je me passionne pour la paléontologie. Maintenant, je vais préparer mes affaires pour notre retraite qui va durer quelques jours. Et dans une semaine, tu pourras reprendre la diligence pour Mont-Royal. Va préparer tes affaires, sire Perceval, je t'attends avec mon carrosse et mon cheval brun qui s'appelle François-d'Argent.

Ils partirent pour le parc préhistorique de Saint-Ambroise. Le voyage dura trois heures et ils arrivèrent peu avant midi. Avant de visiter le parc, ils prirent leur repas dans une auberge au bord du lac d'Assiniboine.

Le roi Perceval dit au prince Gabriel :

- Je me réjouis de voir des plésiosaures. Dis-moi, sire Gabriel, y a-t-il aussi des canards et des cygnes préhistoriques, ici ?

Le prince Gabriel répondit au roi Perceval :

- Un squelette de canard préhistorique, oui, mais je ne crois pas qu'il y ait des cygnes préhistorique à Saint-Ambroise. Tu verras, en revanche, le squelette d'un stégosaure, qui est une sorte de dinosaure avec un genre de crinière qui ressemble aux feuilles d'un arbre et il y a aussi des brontosaures, une sorte de dinosaure trapu. Si je me souviens bien, il y a aussi le squelette d'un pigeon préhistorique.

Ayant terminé leur repas, le prince Gabriel et le roi Perceval se rendirent au parc préhistorique de Saint-Ambroise.

Le prince Gabriel d'Assiniboinie dit au roi Perceval :

- Voici le squelette d'un plésiosaure, qui doit mesurer près d'une trentaine de mètres de long. Ces animaux pouvaient vivre jusqu'à cent ou cent cinquante ans.

Le roi Perceval remarqua :

- Ce dinosaure aquatique est vraiment étrange, avec ses nageoires. Je me demande si on retrouvera un tel squelette dans la partie ancienne du royaume du Saint-Graal. Car j'inclurai les fouilles préhistoriques dans mon prochain discours du trône.

Le prince Gabriel dit au roi Perceval :

- Et voilà le squelette d'un stégosaure. Il devait mesurer dix à quinze mètres de long. Décidément, je crois que tu auras beaucoup de choses à raconter à tes parents, à ta famille et aux peuples de la partie ancienne du royaume du Saint-Graal !

Ils se rendirent devant le squelette d'un grand canard préhistorique.

Le prince Gabriel dit au roi Perceval :

- Tu peux voir le squelette d'un canard préhistorique. Regarde bien son très grand bec, sire Perceval.

Puis le roi Perceval dit au prince Gabriel :

- Oui, il est très semblable à ceux que j'ai vus dans le parc préhistorique de Fond-du-Lac, dans la principauté d'Athabascanie. , Les canards préhistoriques mesuraient trois à cinq mètres de long et les canetons préhistoriques mesuraient un mètre de long et gardaient leur duvet pendant plusieurs années. Et il ne fallait surtout pas s'approcher des canes préhistoriques lorsque les canetons sortaient de leurs œufs.

Le roi Perceval demanda s'il y avait eu des mammouths, en Nouvelle-France et le prince Gabriel lui répondit :

- Oui, des mammouths vivaient ici. D'ailleurs, il y a le squelette d'un mammouth dans le parc préhistorique de la Cité-du-Val-d'Or, dans la principauté du Val d'Or.

Ayant fait le tour du parc, ils repartirent vers l'abbaye cistercienne anachorétique de Notre-Dame-de-Saint-Ambroise. Cette abbaye avait été fondée par les moines de l'abbaye cistercienne de Notre-Dame-de-Cherlieu en l'an de grâce onze cent cinquante-six, à l'occasion du jubilée d'argent de l'abbaye cistercienne de Cherlieu. Ces moines avaient aussi fondé l'abbaye cistercienne anachorétique de Notre-Dame-de-la-Paix-du-Nord et celle qui se trouve au lac du Petit Poisson-Blanc dans la principauté du Val d'Or.

Une fois à l'abbaye, dont le père supérieur s'appelait George-Emile, le prince Gabriel d'Assiniboinie confia son carrosse et son cheval François-d'Argent.

Puis il dit au père abbé George-Emile :

- Bonsoir, père George-Emile. Je suis le prince régnant Gabriel, et je viens en compagnie de sire Perceval qui est notre roi et qui règne sur tout le royaume du Saint-Graal, depuis l'an de grâce onze cent quatre-vingt-dix. C'est lui qui a mis fin aux croisades et qui a retrouvé le Vase sacré du Saint-Graal.

Le révérend père abbé George-Emile s'exclama :

- Mais je vous connais, sire Gabriel ! J'étais votre professeur de latin et de morale à l'abbaye cartusienne de

Notre-Dame-du-Lac-des-Cygnes durant vos études de théologie. En effet, il arrive que des moines professeurs cisterciens aillent enseigner à l'extérieur de leur abbaye, dans d'autres abbayes, cisterciennes ou non, et même parfois dans les universités ou les séminaires diocésains. Ici, nous avons un moine prêtre israélite cartusien qui vient de l'abbaye cartusienne de Notre-Dame-du-Lac-des-Cygnes et qui enseigne l'histoire des religions israélite et chrétienne. Dans deux jours nous recevrons l'archevêque général de Nouvelle-France, Monseigneur Jean-Guillaume, accompagné de notre pape Joachim qui vient nous rendre visite en Nouvelle-France. Ils présideront une conférence-retraite de plusieurs jours qui sera consacrée aux sept sacrements de l'Eglise chrétienne. Si cela vous intéresse, j'ai encore deux chambres disponibles à l'hôtellerie. Excusez-moi, mais c'est l'heure des vêpres. Soyez les bienvenus dans notre abbaye cistercienne anachorétique de Notre-Dame-de-Saint-Ambroise.

Le lendemain matin, les sires Gabriel d'Assiniboinie et Perceval descendirent dans la salle à manger de l'hôtellerie.

Le révérend père abbé George-Emile les accueillit :

- Bonjour, sire Gabriel d'Assiniboinie et sire Perceval, avez-vous passé une bonne nuit ?

Le prince Gabriel lui répondit :

- Oui nous avons très bien dormi, après un très beau coucher de soleil. Et ce matin, l'aurore nous a offert un spectacle féerique avec sa lumière rose-orangé. La neige était particulièrement belle à voir, avec cette lumière et avec ce ciel bleu azur. Et vous père abbé George-Emile, comment allez-vous ?

Le révérend George-Emile répondit :

- Je vais très bien et ce matin nous aurons la visite de l'archevêque général Jean-Guillaume et celle de notre pape Joachim qui viendra nous parler des sept sacrements de l'Eglise.

La conférence devait se dérouler dans le grand amphithéâtre qui servait habituellement pour les cours communs à tous les étudiants séminaristes de toutes les années d'études. Le premier jour de la conférence sur les sept sacrements était consacré à l'eucharistie.

Le révérend George-Emile dit à l'assemblée :

- Bonjour, chers frères et prêtres de la communauté de Notre-Dame-de-Saint-Ambroise, chers jeunes gens étudiants séminariste, cher prince Gabriel d'Assiniboinie qui est accompagné de notre roi, sire Perceval. J'ai la joie de vous présenter notre archevêque général de Nouvelle-France, Monseigneur Jean-Guillaume. Notre pape Joachim viendra demain nous parler du baptême, de la confirmation, et de l'ordination. Quant à moi, je vous parlerai de l'onction des malades. Je vous laisse la parole, Monseigneur Jean-Guillaume.

Monseigneur Jean-Guillaume entama sa conférence :

- Aujourd'hui, je vous parlerai de l'eucharistie. Comme chacun de vous le sait, l'eucharistie est la communion avec Dieu. C'est une action de grâce, une action de grâce visible car elle repose sur la présence réelle de Notre Seigneur Jésus-Christ. De plus l'eucharistie est le symbole du dernier repas du Seigneur, et de ce fait, elle a aussi une valeur de mémoire, elle est un rappel, souligné par la phrase rituelle : « Faites ceci en mémoire de moi. ».

La conférence dura jusqu'à midi et l'après-midi fut consacré à des ateliers de discussion.

Le lendemain, le révérend père George-Emile dit au prince Gabriel et au roi Perceval, pendant le petit déjeuner :

- Aujourd'hui, nous accueillons le pape Joachim.

Le roi Perceval dit alors au révérend père abbé George-Emile :

- C'est une joie pour moi de revoir le pape Joachim.

Puis tous furent conviés à rejoindre le grand amphithéâtre, où le révérend père abbé George-Emile prit la parole :

- Aujourd'hui, nous avons la grande joie et le grand honneur de recevoir le pape Joachim qui va nous parler du baptême et de la confirmation. Demain, il nous parlera du sacrement de l'ordre, et je vous parlerai de l'onction des malades et de la pénitence.

Le pape Joachim enchaîna :

- Bonjour, c'est une grande joie et un grand honneur de vous rencontrer dans cette abbaye cistercienne de cette principauté du milieu de la Nouvelle-France en la compagnie de Monseigneur Jean-Guillaume. Aujourd'hui je vais vous parler du baptême et de la confirmation. Le baptême, comme chacun le sait, est le sacrement qui marque l'entrée dans la vie chrétienne, ou plutôt la première entrée dans la · vie chrétienne. C'est un sacrement initiatique. Dans l'ancienne alliance le baptême est une préfiguration du salut. En grec, le verbe « baptizein » signifie plonger, immerger. Le baptême est le sacrement de régénération par l'eau. De nos jours, au douzième siècle, on ne baptise presque plus les petits enfants à la naissance mais plutôt lorsqu'ils entrent à l'école fondamentale vers six ans. Car on estime que les enfants doivent être baptisés lorsqu'ils commencent leurs études fondamentales.

Puis l'office de midi, précédé de la messe, sonna et tout le monde fut convié à s'y rendre.

Après le repas, le prince Gabriel d'Assiniboinie, le roi Perceval, et les étudiants séminaristes retournèrent dans l'amphithéâtre où le pape Joachim reprit la parole :

- Cet après-midi, je vais vous parler du sacrement de confirmation. La confirmation, c'est le sacrement de l'initiation chrétienne. Dans l'Eglise chrétienne d'Orient la confirmation est conférée juste après le baptême sous la forme d'une célébration unique. Dans l'Eglise catholique, on a instauré une séparation temporelle qui est de dix ans. Depuis que les textes canoniques, que la civilisation occidentale a hérités de saint Benoît et de saint Bernard, ont introduit l'âge de la prémajorité à seize ans, l'Eglise catholique romaine a pris la décision de faire coïncider l'âge de la confirmation avec l'âge de la prémajorité ou l'âge préadulte, âge auquel les jeunes gens obtiennent leur diplôme d'études fondamentales. Du reste, nos frères israélites ont aussi instauré l'âge de la bar-mitsva et de la bat-mitzvah à seize ans au lieu de douze ou treize ans. La confirmation est une marque indélébile comme le baptême. Une fois célébrés, le baptême et la confirmation ne peuvent plus être effacés. La confirmation confère aussi la possibilité de confesser sa foi en Jésus-Christ publiquement, ce qui conduit à l'exercice d'un premier ministère, comme celui des servants de messe, exemple vivant du sacerdoce universel.

L'heure des vêpres ayant sonné, tout le monde se rendit à l'église pour y assister.

Pour le repas du soir, exceptionnellement, les moines cisterciens mangèrent dans le grand réfectoire des étudiants séminaristes.

Le roi Perceval rejoignit le pape Joachim et lui dit :

- Bonsoir, Votre sainteté. Je suis très heureux de vous

rencontrer, ici, en Nouvelle-France. Je suis en voyage diplomatique, le tout premier en tant que roi du royaume du Saint-Graal. Comment-allez-vous, Votre sainteté ?

Le pape Joachim répondit au roi Perceval :

- Moi aussi, je suis très heureux de vous voir là, sire Perceval. Je vais très bien, je suis en visite pontificale, je suis accompagné de l'archevêque général de Nouvelle-France qui m'a accueilli à Mont-Royal, avec dame Mirabel, vice-reine de Nouvelle-France. Je suis allé chez les cisterciens de l'abbaye de Notre-Dame-du-Lac-des-Deux-Montagnes. Je suis ensuite allé dans la principauté du Val-d'Or chez le prince Daniel-Cosme et chez les cisterciens de l'abbaye cistercienne anachorétique de Notre-Dame-du-Nord. Je dois bientôt me rendre dans la principauté d'Albertinie et dans celle des Iles d'Emeraude.

Le prince Gabriel dit à son tour au pape Joachim :

- Moi aussi je suis ravi de vous accueillir, et très heureux que vous veniez nous rendre visite en Nouvelle-France dans notre principauté d'Assiniboinie. J'ai trouvé vos conférences sur le baptême et la confirmation très intéressantes et très enrichissantes. Je pense que c'est une très bonne chose de respecter une période de dix ans entre le baptême et la confirmation. Cette séparation temporelle de dix ans permet à l'enfant de s'éveiller à la foi, de grandir, et de s'épanouir avant de commencer, à l'âge de seize ans, des études universitaires, une formation de chevalier, ou l'apprentissage d'un métier. Je crois que c'est une très bonne chose de faire coïncider l'âge de la confirmation avec celui de la prémajorité qui symbolise l'entrée dans l'âge préadulte, avant l'accession à la majorité qui est à vingt-et-un ans. A seize ans un être cesse d'être un enfant pour devenir un jeune homme ou jeune demoiselle, avant d'être un homme ou une femme à vingt-et-un ans. Avant seize ans, un être est un enfant et doit le rester, c'est l'âge des études fondamentales et les enfants doivent apprendre les savoirs fondamentaux et se concentrer sur leurs études fondamentales, avant de choisir ce qu'ils veulent faire à seize ans, après leur diplôme d'études fondamentales. Dites-nous comment va se dérouler la conférence demain, Votre sainteté.

Le pape Joachim répondit au prince Gabriel :

- Nous aborderons le thème du sacrement de l'ordre, et je crois que la conférence sur le sacrement de l'ordre sera particulièrement intéressante et que vous aurez du plaisir à y participer.

Monseigneur général Jean-Guillaume vit le prince Gabriel et lui dit :

- Quelle bonne surprise de vous voir, sire Gabriel, le prince qui règne sur la principauté d'Assiniboinie, que j'ai confirmé et que j'ai vu grandir dans la foi au cours de ses études de théologie chez les moines cartusiens de l'abbaye de Notre-Dame-du-Lac-des-Cygnes. Comment allez-vous, sire Gabriel, et comment se passe votre nouveau métier de prince régnant ?

Le prince Gabriel répondit à l'archevêque de Nouvelle-France :

- Je vais très bien et je suis très content de mon nouveau métier de prince régnant.

Puis le roi Perceval commença à parler de sa première année de règne avec le pape Joachim :

- Après mon couronnement, j'ai prononcé mon premier discours du trône, puis j'ai fait mon noviciat de tertiaire à l'abbaye bénédictine de Mouthier-Royal. L'année suivante, à la suite d'une invitation du prince Nicolas des Iles d'Emeraude, je suis venu en Nouvelle-

France pour lui rendre visite, ce qui m'a permis de découvrir la Nouvelle-France et de faire la connaissance de ses princes, qui sont très jeunes, pour la plupart. J'arrive au terme de mon voyage diplomatique qui est pour moi plus qu'un voyage, une odyssée. Lorsque je rentrerai dans l'ancienne partie du royaume du Saint-Graal, je prononcerai mon deuxième discours du trône.

Le pape Joachim répondit au roi Perceval :

- Je vois que vous êtes très actif. A peine couronné, vous avez entrepris un immense voyage dans la partie Nouvelle du royaume du Saint-Graal. Quant à moi, je vais très bien. En l'an onze cent quatre-vingt-quatorze ou quinze, il y aura les élections pontificales et j'espère être réélu.

Le roi Perceval demanda au pape Joachim :

- Comment va la partie ancienne de notre royaume du Saint-Graal ? Comment les Graaliens vivent-ils mon absence ?

Le pape Joachim répondit au roi Perceval :

- Les Graaliens de la partie ancienne du royaume du Saint-Graal vivent assez bien votre absence. Vos parents qui ont accepté de prendre la régence du royaume du Saint-Graal m'ont dit que tout allait bien au château de la Forêt Mystérieuse, mais ils se réjouissent beaucoup que vous reveniez bientôt, car ils aimeraient retourner dans leur duché de Bretagne. Oui, je suis allé leur rendre visite car je devais me rendre à Paris, et j'ai voulu profiter de ma présence en France pour aller vous rendre visite au château de la Forêt Mystérieuse... Et là, vos parents m'ont dit que vous étiez en voyage diplomatique en Nouvelle-France, juste avant que je traverse, moi-même, l'océan Atlantique avec la caravelle de votre frère, l'amiral Christian. Je dois dire que l'océan Atlantique a été un peu agité et qu'il m'a fallu du courage pour me tenir sur ce navire qui balançait de tous les côtés, mais grâce à Dieu je suis arrivé à bon port. J'ai été très bien accueilli par l'archevêque général de Nouvelle-France, Monseigneur Jean-Guillaume, et par la princesse Mirabel, vice-reine de Nouvelle-France. Bientôt il y aura à Rome une grande réunion des Eglises chrétiennes avec la communauté israélite. Cette réunion se déroulera l'an prochain, juste après les élections pontificales.

Le roi Perceval dit au pape Joachim :

- Très bien, je me rendrai à cette réunion interreligieuse à Rome et j'y participerai pleinement. J'aurai ainsi l'occasion de revoir Rome que j'ai tellement aimée lorsque je suis venu vous apporter le traité de paix interreligieuse et internationale.

Le roi Perceval avait l'intention de retourner à Rome durant son règne car Rome représentait pour lui un lieu symbolique très important, siège de l'Eglise chrétienne d'Occident et ville aussi importante que Jérusalem à ses yeux.

CHAPITRE XI
Le roi Perceval traverse la principauté du Val d'Or et rencontre le prince Daniel-Cosme du Val d'Or

Après avoir chaleureusement remercié le prince Gabriel d'Assiniboinie et sa famille de l'avoir si généreusement accueilli, le roi Perceval se décida à quitter la principauté d'Assiniboinie et reprit la diligence.

Il arriva à la Cité-du-Val-d'Or dans la soirée. La diligence s'arrêta devant le château du prince Daniel-Cosme. Au Val d'Or, le roi Perceval avait l'impression de revenir dans la partie ancienne du royaume du Saint-Graal, car la Cité-du-Val-d'Or avait été fondée par des Bretons qui étaient venus s'établir en Nouvelle-France. Ils l'avaient construite comme une citadelle, un peu comme à Saint-Boniface.

Le roi Perceval frappa à la grande porte du château du prince Daniel-Cosme. Le château avait la forme d'un pentagone.

Un jeune prince arriva et dit au roi Perceval :

- Bonsoir sire, je m'appelle Daniel-Cosme, j'ai vingt-deux ans et je viens d'être adoubé chevalier par mon père, le prince François qui vient d'abdiquer. Et quel est votre nom, sire ?

Le roi Perceval répondit au prince Daniel-Cosme :

- Je m'appelle Perceval et je suis le roi du Saint-Graal. Je suis en visite en Nouvelle-France, et je suis sur le chemin du retour.

Le prince Daniel-Cosme du Val d'Or dit au roi Perceval :

- Vous êtes le roi Perceval ! Mais vous êtes jeune comme moi, et vous êtes déjà roi ! Je crois que mes parents ont entendu parler de vous... Ah oui, je me souviens maintenant ! Mes parents sont partis en Europe pour assister au couronnement du nouveau roi Perceval par le célèbre Roi Arthur. Mais rentrez, car il fait très froid dehors. Nous allons faire connaissance.

Le prince Daniel-Cosme du Val d'Or était un grand jeune homme aux longs cheveux blonds et au visage angélique. Il avait fait ses études fondamentales à l'abbaye bénédictine de Notre-Dame-du-Lac-aux-Poissons-Blancs, au sud de la principauté du Val d'Or, près d'une abbaye cistercienne anachorétique dénommée abbaye de Notre-Dame-de-la-Paix-du-Nord. Son père s'appelait sire François et sa mère s'appelait Sophie-Anne. Il avait deux jeunes frères, le prince Yves qui avait neuf ans et le prince Albert-René qui en avait treize. Il avait un autre frère, plus âgé, qui s'appelait André-Cosme ; prêtre chevalier, il avait vingt-cinq ans. Il avait aussi deux sœurs, Joséphine qui avait vingt-trois ans et Anne-France qui avait vingt-sept ans.

Le prince Daniel-Cosme dit au roi Perceval :

- Allons dans la grande salle de réception et racontez-moi votre vie.

Et le roi Perceval commença à raconter :

- J'ai fait mes études chez les bénédictins de l'abbaye de Mouthier-Royal, en Bretagne. A seize ans, je suis allé en Angleterre, chez le Roi Arthur, faire ma formation de chevalier et suivre, parallèlement, des études de théologie. Car, en Angleterre, les jeunes écuyers font aussi des études universitaires pendant leur formation de chevalier, entre seize et vingt-et un an. Une fois adoubé, je suis allé faire une retraite chez les moines bénédictins de l'abbaye de Westminster, et pendant cette retraite, j'ai fait un rêve dans lequel Dieu me demandait d'aller mettre fin aux croisades. J'en ai parlé au Roi Arthur, et je suis parti en Israël. Une fois là-bas, j'ai effectivement mis un terme aux croisades et j'ai signé un traité de paix internationale et interreligieuse. Revenu en France, j'ai effectué une retraite chez les moines cisterciens de Clairvaux, et là, j'ai découvert un château immense situé dans une forêt appelée la Forêt Mystérieuse. Et dans une immense salle souterraine du château, j'ai découvert le Vase sacré que l'on appelle le Saint-Graal. Quand je lui ai fait part de cette découverte, le Roi Arthur a pris la décision de créer un immense royaume et m'a couronné roi, après avoir abdiqué. J'ai donc entamé mon règne, et j'effectue ici, en Nouvelle-France, mon premier voyage diplomatique qui est sur le point de se terminer.

Le prince Daniel-Cosme dit au roi Perceval :

- Votre récit est vraiment extraordinaire et je crois que grâce à vos exploits, nous sommes sortis définitivement des années sombres du Moyen-âge. Il était vraiment temps que nous sortions du Moyen-âge, et surtout pour nos frères israélites, qui ont tellement souffert de la barbarie de ce sinistre Moyen-âge.

La principauté du Val d'Or avait été fondée par un duc de Normandie qui s'appelait sire Olivier et qui était venu en Nouvelle-France en l'an de grâce mille soixante sept. Dans la principauté du Val d'Or, il y a des Chrétiens, des Israélites et des Orthodoxes ou Chrétiens d'Orient.

Le roi Perceval demanda au prince Daniel-Cosme :

- Connaissez-vous dame Mirabel de Nouvelle-France ?

Le prince Daniel-Cosme répondit au roi Perceval :

- Oui, je connais bien la princesse Mirabel qui est la vice-reine de Nouvelle-France. Elle vient très souvent au Val d'Or. Elle prend soit son carrosse, soit la diligence. Et le vais, moi aussi, lui rendre souvent visite, par les mêmes moyens de transport. La diligence que je prends parfois s'arrête à la Cité-du-Lac-des-Deux-Montagnes.

Après deux heures de conversation, le prince François vint prévenir son fils, le prince Daniel-Cosme :

- Fils, le repas du soir est maintenant prêt, nous allons passer à table.

Le prince Daniel-Cosme et le roi Perceval se rendirent dans la grande salle à manger du château, et le prince Daniel-Cosme dit à toute sa famille :

- Bonsoir, tout le monde, j'ai l'honneur de vous présenter sire Perceval, notre roi qui nous rend visite, ici, en Nouvelle-France.

Le prince François dit :

- Je suis heureux d'accueillir notre roi. J'ai eu l'honneur et le privilège d'assister à votre couronnement, il y a trois ans, sire Perceval, vous qui avez mis fin aux croisades et qui avez retrouvé le Vase sacré. Dites-nous comment va notre roi émérite, le Roi Arthur.

Le roi Perceval répondit au prince François :

- Il va très bien, il est devenu tertiaire chez les moines de l'abbaye bénédictine de Glastonbury pour la seconde fois. Et oui, il était déjà tertiaire au sixième siècle !

Le prince Daniel-Cosme déclara :

- Demain, j'emmènerai notre roi, sire Perceval, au parc archéologique du Val d'Or où l'on a retrouvé des vases, des bijoux et des outils qui datent d'avant l'arrivée des Vikings. Je me passionne beaucoup pour l'archéologie.

Le roi Perceval dit à ses hôtes :

- C'est pour moi un très grand honneur de me retrouver parmi vous, et je me réjouis beaucoup de découvrir le parc archéologique de la principauté du Val d'Or. Durant toute mon odyssée à travers la Nouvelle-France, j'ai pu découvrir des dinosaures avec le prince Gabriel d'Assiniboinie, des léviathans avec le prince

Nicolas des Iles d'Emeraude, des canards et des cygnes préhistoriques géants avec le prince Alexandre-Cosme d'Athabascanie, et des peintures rupestres avec le prince Jérôme d'Alascanie. Je trouve que la Nouvelle-France est extraordinairement riche en parcs préhistoriques et paléontologiques.

Après le repas, tout le monde s'en fut à la messe qui était présidée par le révérend sire André dans la grande église Le prince André était un grand jeune homme avec des cheveux un peu moins longs que ceux de son frère, le prince Daniel-Cosme.

Puis le prince Daniel-Cosme conduisit le roi Perceval dans la chambre de visite. La chambre de visite avait un grand lit avec des draps vert péridot portant les armoiries de la famille princière, une grande table en bois de chêne, et des chaises rembourrées recouvertes de soie bleu saphir. Il y avait aussi une salle de bains.

Le lendemain à son réveil, le roi Perceval vit le soleil se lever au dessus de la Cité-du-Val-d'Or et de la forêt enneigée, dans un ciel bleu azur. Le roi Perceval se réjouissait à l'idée de rentrer bientôt dans la partie ancienne du royaume du Saint-Graal., bien qu'il ait grandement apprécié son odyssée à travers la Nouvelle-France, et l'accueil qu'il avait reçu partout.

Le roi Perceval descendit dans la salle à manger et salua tout le monde :

- Bonjour tout le monde, quelle belle journée aujourd'hui ! Comment avez-vous passé la nuit, sire Daniel-Cosme ?

Le prince Daniel-Cosme répondit :

- J'ai très bien dormi et il fait un temps magnifique. Aujourd'hui, je vais vous faire découvrir le parc archéologique de la Cité-du-Val-d'Or où l'on a retrouvé des ustensiles de cuisine et des outils vieux d'une centaine de milliers d'années, laissés par une civilisation qui s'est ensuite installée beaucoup plus au sud, la civilisation des Appalaches. Les Appalaches ne supportaient plus le climat froid, ils ont émigré vers le sud, et ils ont bâti une grande muraille qui sépare la Nouvelle-France de leur pays.

À la fin du petit déjeuner, le prince Daniel-Cosme dit au roi Perceval :

- Mettez un long manteau et de grosses bottes, car il fait encore très froid. Il a beaucoup neigé cette nuit. Pendant ce temps, je vais préparer mon carrosse avec ma jument blanche qui s'appelle Marjolaine.

Le voyage dura trois heures jusqu'au parc préhistorique et archéologique et le prince Daniel-Cosme dit au roi Perceval :

- Comme vous pouvez le voir, voici le squelette d'un mammouth. Les mammouths avaient d'immenses cornes qui leur servaient de défenses. Il ne fallait surtout pas les déranger, car c'étaient des animaux assez agressifs.

Plus loin, le prince Daniel-Cosme montra un glyptodon, qui était un mammifère à carapace.

Il dit au roi Perceval :

- Cet animal à carapace est un glyptodon. Les glyptodons vivaient jusqu'à cent cinquante ans.

Le roi Perceval regarda l'animal et dit au prince Daniel-Cosme :

- Comme c'est étrange, qu'un mammifère ait une carapace. On dirait vraiment que cet animal s'apparente à une tortue. Y a-t-il des tortues ici ?

Le prince Daniel-Cosme répondit :

- Oui. Venez. Je vais vous en montrer une qui est un peu plus loin.

Et il emmena le roi Perceval vers le squelette d'une très grosse tortue terrestre.

- Comme vous pouvez le voir, sire Perceval, c'est une tortue terrestre géante qui mesure près de vingt mètres. Ces tortues pouvaient vivre jusqu'à mille ans, et peut-être plus.

Le roi Perceval dit au prince Daniel-Cosme :

- Vous êtes très savant en préhistoire, sire Daniel-Cosme. Où avez-vous acquis toutes ces connaissances ?

Le prince Daniel-Cosme lui répondit :

- A l'université du Val d'Or que je dirige, car après la maitrise de théologie que j'ai passée chez les moines cisterciens de l'abbaye de Notre-Dame-des-Grandes-Prairies, dans l'ouest de la Nouvelle-France, j'ai décidé de poursuivre mes études, et je me suis spécialisé en préhistoire. Je suis également athlète et je participe aux olympiades universitaires qui ont lieu chaque année. Je pourrai vous montrer l'université du Val d'Or, si vous le souhaitez. Mais continuons la visite de ce parc préhistorique. Venez, je vais vous montrer un pélican préhistorique. Voyez, il mesure vingt mètres de long et il pouvait vivre jusqu'à cent cinquante ou deux cents ans. Regardez son immense bec ! Il ne fallait surtout pas s'en approcher, car les pélicans préhistoriques protégeaient leurs petits, qui mesuraient un à deux mètres de long et gardaient leur duvet pendant dix ans. Maintenant, je vais vous emmener voir la partie archéologique du parc. Venez, sire Perceval.

Une fois dans la partie archéologique du parc, le prince Daniel-Cosme dit au roi Perceval :

- Nous y sommes. Vous pouvez voir des ustensiles en fer que les Appalaches utilisaient pour faire leur cuisine. Venez. Je vais vous montrer quelque chose d'extraordinaire, venez, sire Perceval.

Puis le prince Daniel-Cosme lui montra une meule :

- Cet outil s'appelle une meule. Elle servait aux Appalaches pour faire divers travaux. Un peu plus loin, vous pouvez voir des outils en pierre et aussi des vases en terre pour transporter de l'eau depuis la rivière jusque dans les maisons. Les Appalaches puisaient de l'eau des rivières et la transportaient dans ces vases que l'on appelle des cruches.

Puis le prince Daniel-Cosme emmena le roi Perceval voir les bijoux que portaient les Appalaches :

- Les Appalaches aimaient beaucoup les bijoux, surtout les bijoux en or et en bronze. Ils fondaient ces métaux par un puissant feu et ils arrivaient à faire fondre l'or. Quant au bronze, ils savaient le fabriquer en mélangeant du cuivre et du plomb. Mais je m'aperçois que le soleil va bientôt se coucher et qu'il va bientôt faire nuit. Rentrons au château. Demain je vous emmènerai voir l'université du Val d'Or que je dirige et qui est très célèbre pour l'excellence de ses professeurs et le sérieux de ses études, et aussi pour ses équipes de gymnastique. J'ai été très heureux de vous montrer ce grand parc préhistorique, sire Perceval.

Certains parcs préhistoriques, comme celui-ci, avaient un secteur archéologique qui présentait un éventail de richesses héritées des civilisations antérieures. Dans l'ouest de la Nouvelle-France, le roi Perceval n'en avait pas vu, car il n'en connaissait pas l'emplacement, et que ces parcs n'étaient pas toujours ouverts aux visiteurs. Pourtant, il y avait un grand parc archéologique dans la principauté d'Albertinie, à quelques kilomètres de la grande muraille de séparation entre la Nouvelle-France et le pays inconnu, près de la Cité-du-Cheval-Blanc.

CHAPITRE XII
Le prince Daniel-Cosme du Val d'Or emmène le roi Perceval à l'université où il assiste à une assemblée d'étudiants

Le prince Daniel-Cosme du Val d'Or et le roi Perceval rentrèrent au château, très heureux de se mettre au chaud. Dehors, il recommençait à neiger abondamment. Pendant le souper, le prince Daniel-Cosme du Val d'Or prit la parole :
- Demain, j'emmènerai sire Perceval à l'université du Val d'Or et nous assisterons à une assemblée générale des étudiants. Je tiens à ce qu'il assiste à une assemblée générale qui n'est composée que de jeunes gens et jeunes filles préadultes, et il verra que l'on peut confier la cogestion de l'université à des adolescents ou des jeunes préadultes.

Le roi Perceval dit :
- Ce repas est délicieux, particulièrement cette bonne soupe aux épinards, et ce bon pain grillé. Je me sens vraiment bien, ici, dans la principauté du Val d'Or. J'ai l'impression d'être de nouveau dans la partie ancienne du royaume du Saint-Graal.

Il est vrai que l'est de la Nouvelle-France ressemblait beaucoup à l'Europe. Même genre d'architecture, même topographie des villes, même cuisine qu'en Bretagne et en Normandie. Dans l'ouest de la Nouvelle-France, les villes étaient plus souvent construites en damier, un peu comme un jeu d'échecs. Il y avait bien des cathédrales de style roman ou gothique, mais les maisons étaient souvent en bois, et leur toit touchait très souvent le sol. En revanche, le château du prince Nicolas des Iles d'Emeraude, celui du prince Jérôme d'Alascanie et celui du prince Gabriel d'Assiniboinie étaient d'immenses châteaux-forts en pierre et ils étaient presque aussi énormes que celui de la Forêt Mystérieuse.

Sire François, prince émérite du Val d'Or et père du prince régnant déclara :

— Je suis vraiment heureux de vous voir ici, sire Perceval, notre roi du Saint-Graal, qui a mis fin aux croisades et qui a retrouvé le Vase sacré Je me souviendrai toute ma vie de votre couronnement.

Et la princesse Sophie-Anne dit à son tour :

— Oui, c'est vrai, moi aussi, je garderai un souvenir inoubliable de votre couronnement dans cet immense château de la Forêt Mystérieuse par le Roi Arthur. Et comment va le bon Roi Arthur ?

Le roi Perceval lui répondit :

— Il va très bien. Il a commencé une nouvelle vie, une vie de tertiaire chez les moines bénédictins de l'abbaye de Glastonbury. Il a dû refaire son noviciat de tertiaire car les moines l'avaient complètement perdu de vue durant sa sieste de six cents années. Et bien sûr, les moines bénédictins du douzième siècle n'avaient jamais eu de Roi Artur dans leur tiers-ordre ! D'ailleurs, je retournerai sans trop tarder lui rendre visite dans son abbaye de Glastonbury.

Puis sire François dit :

— Sire Perceval, a-t-on une idée de ce que le sire Perceval historique est devenu, je veux dire Perceval le Gallois ?

Le roi Perceval répondit prince émérite François :

— Non. Personne ne sait ce qu'il est devenu, pas même le Roi Arthur. Le Roi Arthur avait un autre chevalier vaillant et courageux, qui s'appelait sire Lancelot du Lac. Le Roi Arthur nous a dit, lorsque j'étais écuyer à sa cour, que sire Lancelot avait quitté la cour pour entrer dans une abbaye bénédictine. Il a préféré rendre son épée et son armure pour devenir moine bénédictin, autrement dit il a échangé son armure contre une bure de moine. Je crois qu'il avait envie de servir Dieu d'une autre manière.

Après le repas, l'heure de la messe sonna et c'est le prince André-Cosme qui célébra la messe nocturne dans l'église du château. L'église du château était grande et les vitraux représentaient le paradis. D'autres vitraux étaient faits de petites alvéoles jaunes, rouges, vertes, bleues et blanches.

Après une bonne nuit, le roi Perceval descendit dans la grande salle à manger dans laquelle il retrouva le prince Daniel-Cosme qui lui dit :

- Bonjour sire Perceval, comment avez-vous dormi, la nuit a-t-elle été bonne ?

Et le roi Perceval lui répondit :

- Oui, j'ai très bien dormi, et je me réjouis de découvrir l'université du Val d'Or.

Le prince Daniel-Cosme lui précisa :

- Aujourd'hui, il fait vraiment très froid et il faudra mettre de grosses bottes et un long manteau. Je vous attends avec mon carrosse.

Puis il dit à ses parents :

- Parents, j'emmène sire Perceval, notre roi. Nous serons de retour au château ce soir.

Le prince Daniel-Cosme et le roi Perceval arrivèrent à l'université du Val-d'Or où un fils de noble qui devait avoir dix-sept ans les accueillit :

- Bonjour, sire Daniel-Cosme. Aujourd'hui, nous tenons une assemblée générale d'étudiants qui commence dans une demi-heure. Rendez-vous dans le grand amphithéâtre.

Le prince Daniel-Cosme dit à ce jeune homme qui s'appelait Jonas et qu'il connaissait très bien :

- Jonas, je vous présente sire Perceval qui est notre roi du Saint-Graal, le royaume dont fait partie la Nouvelle-France avec toutes ses principautés. Il est en visite diplomatique en Nouvelle-France.

Le roi Perceval dit à Jonas :

- C'est un honneur de me trouver ici parmi vous. Je me réjouis beaucoup d'assister à votre assemblée générale.

A l'heure prévue, tous se rendirent dans le grand amphithéâtre.

Jonas déclara à l'assemblée générale des étudiants :

- Aujourd'hui, c'est une immense joie de vous accueillir toutes et tous. J'ai l'honneur de vous annoncer que sire Perceval, notre roi du Saint-Graal, est présent parmi nous, en compagnie de notre principal d'université, le prince Daniel-Cosme du Val d'Or. Cette assemblée générale tient lieu aussi de parlement des jeunes gens et jeunes filles. Voici les objets à l'ordre du jour :

1. Proposition de faire participer les étudiants aux prises de décisions de l'université.
2. Représentation des jeunes gens et jeunes filles aux assemblées parlementaires, comme observateurs.
3. Participation des étudiants à l'élaboration des programmes d'études universitaires en concertation avec les professeurs de l'université du Val d'Or.

Les débats sont maintenant ouverts.

Les débats durèrent jusqu'à midi, puis le jeune Jonas fit voter les résolutions et proclama les résultats des décisions :

- Je vais vous annoncer les résultats du scrutin. C'est oui à la participation des étudiants aux prises de décisions de l'université du Val d'Or. C'est oui aussi à la représentation des étudiants aux assemblées parlementaires, la participation comme observateurs étant aussi ouverte aux jeunes gens écuyers, apprentis, séminaristes ainsi qu'aux novices des différents ordres religieux. Et c'est également oui à la participation des étudiants à l'élaboration des programmes d'études en concertation avec les professeurs de l'université. L'assemblée générale est maintenant terminée. Je vous convie à venir partager le repas de midi avec notre prince Daniel-Cosme et notre roi Perceval qui seront ravis de nous rencontrer.

Les étudiants et étudiantes se rendirent dans la salle à manger où ils purent s'entretenir avec le prince Daniel-Cosme et le roi Perceval.

Un étudiant qui s'appelait Cyrille dit au roi Perceval :

- Bonjour sire. Alors c'est vous le célèbre roi Perceval qui a mis fin aux croisades et a retrouvé le Vase sacré du Saint-Graal ?

Le jeune Cyrille était un grand jeune homme de seize ans et quelques mois. Il avait de longs cheveux noirs et paraissait très motivé. Il venait d'une famille de nobles chevaliers qui vivait dans la principauté de l'Estrie, à l'est de Mont-Royal.

Le roi Perceval lui répondit :

- Oui, c'est moi. Que voulez vous faire après vos études universitaires, et dans quelle faculté êtes-vous ?

Cyrille répondit au roi Perceval :

- Je fais mes humanités et aussi un apprentissage de forgeron. J'apprends à travailler le cuivre et à fabriquer des chaudrons, des ustensiles de cuisine et des fers à cheval pour les chevaliers et pour les cochers qui en ont besoin pour leurs chevaux.

Le roi Perceval lui dit :

- C'est très bien d'apprendre de beaux métiers manuels parallèlement aux études universitaires. Le royaume du Saint-Graal a besoin de vous, jeunes gens et jeunes filles, pour son avenir.

Après le repas, le prince Daniel-Cosme emmena le roi Perceval visiter l'université et lui montra tout particulièrement le gymnase. Le roi Perceval et le prince Daniel-Cosme purent y faire de la gymnastique.

Le roi Perceval dit au prince Daniel-Cosme :

- Comme cela fait du bien de faire de la gymnastique, et de se dégourdir les jambes, sire Daniel-Cosme ! Cela me rappelle les moments que je passe dans le gymnase de mon château de la Forêt Mystérieuse. Je m'y rends tous les jours, et parfois je m'y rends le matin et dans la soirée.

Le prince Daniel-Cosme dit au roi Perceval :

- C'est bien de faire de la gymnastique. Ensuite, nous irons nous tremper dans les bassins d'eau chaude pour nous détendre.

Et c'est ce qu'ils firent.

Le prince Daniel-Cosme expliqua au roi Perceval :

- C'est de l'eau chaude qui vient d'une immense cuve chauffée au bois. Grâce aux conduites, l'eau chaude arrive jusqu'ici. La cuve se trouve à une centaine de mètres du gymnase de l'université.

Le roi Perceval dit alors :

- Dans mon château, il y a aussi des bassins d'eau chaude, mais ils ne sont pas utilisés. Lorsque je rentrerai à la Forêt Mystérieuse, je les remettrai en service.

Après leur séance de gymnastique et une bonne détente dans l'eau chaude, le prince Daniel-Cosme continua la visite de l'université du Val-d'Or avec le roi Perceval.

- Ici, nous sommes dans les bâtiments de la faculté des

humanités et en face se trouve la faculté de droit. Là-bas, c'est la faculté de théologie qui forme aussi des prêtres diocésains. Mais je constate qu'il commence à se faire tard. Rentrons au château, sire Perceval.

Ils prirent le chemin du retour et revinrent au château sans problème, grâce aux pierres photoluminescentes que le prince Daniel-Cosme avait installées sur son carrosse. A leur arrivée, le souper était prêt à être servi.

Au cours du repas, le prince Daniel-Cosme dit :

- Notre roi Perceval a assisté, aujourd'hui, à une assemblée générale des étudiants de l'université du Val d'Or.

Et le roi Perceval enchaîna :

- Oui, cette journée passée à l'université du Val d'Or m'a beaucoup apporté. J'ai pu apprécier avec joie la maturité dont les jeunes étudiants ont fait preuve dans leurs décisions. Je les crois vraiment capables de prendre des décisions sur leur avenir et sur celui du royaume du Saint-Graal. Puis le prince Daniel-Cosme et moi-même nous avons participé à une session de gymnastique et nous avons pu nous détendre dans un bassin d'eau chaude, nous avions l'impression d'être au temps des Grecs et des Romains.

CHAPITRE XIII

Le prince Daniel-Cosme emmène le roi Perceval à l'abbaye cistercienne anachorétique de Notre-Dame-de-la-Paix-du-Nord et lui fait découvrir un séminaire de formation de prêtres israélites. Le roi Perceval participe à deux conférences, l'une sur les dix commandements et l'autre sur le Symbole des Apôtres

Après avoir passé une bonne nuit, le prince Daniel-Cosme du Val d'Or et le roi Perceval prirent un copieux petit déjeuner qui était composé de pain grillé et de café.

Le prince Daniel-Cosme dit au roi Perceval :

- Aujourd'hui, nous allons nous rendre à l'abbaye cistercienne anachorétique de Notre-Dame-de-la-Paix-du-Nord. J'ai reçu une invitation du père abbé Romuald-Jean-René qui organise une conférence sur les dix commandements et une autre conférence sur le Symbole des Apôtres. J'ai également reçu une lettre de la princesse Mirabel qui m'invite à lui rendre visite dans son château de la Cité-du-Lac-des-Deux-Montagnes. Nous partirons là-bas après notre visite à l'abbaye de Notre-Dame-de-la-Paix-du-Nord. Préparez vos affaires, je vous attends avec mon carrosse et Marjolaine, ma jument blanche.

Et le prince Daniel-Cosme dit à ses parents :

- Je serai de retour dans deux ou trois semaines. Je vous confie mon château et la régence de la principauté du Val d'Or.

Le prince François dit au prince Daniel-Cosme :

- Fils, sois prudent et prends soin de notre roi Perceval. Bonne route, et que Dieu vous garde, vous bénisse et vous protège sur la route.

Et la princesse Sophie-Anne ajouta :

- Tu transmettras toutes nos salutations à dame Mirabel. Nous avons été très heureux d'accueillir notre roi Perceval qui règne maintenant sur tout le royaume du Saint-Graal, et j'espère bien vous revoir, sire Perceval.

Puis le prince Daniel-Cosme et le roi Perceval quittèrent la Cité-du-Val-d'Or pour aller à l'abbaye cistercienne de Notre-Dame-de-la-Paix-du-Nord.

Le voyage dura presque une journée. En arrivant devant l'entrée du monastère, le prince Daniel-Cosme sortit sa corne et souffla dedans. La porte s'ouvrit et le père abbé Romuald-Jean-René dit aux deux jeunes sires :

- Bonsoir, soyez les bienvenus. Sire Daniel-Cosme du Val d'Or, avez-vous fait un bon voyage ? Et qui est ce jeune sire qui vous accompagne ?

Le prince Daniel-Cosme répondit au révérend père abbé Romuald-Jean-René :

- Il s'appelle sire Perceval. C'est notre roi et il nous rend visite en Nouvelle-France.

Le roi Perceval dit à son tour au révérend père abbé Romuald-Jean-René :

- C'est un grand honneur pour moi de venir assister aux deux conférences que vous organisez. Je crois que la première a lieu demain et porte sur les dix commandements, mon révérend père abbé Romuald-Jean-René.

Le révérend père abbé Romuald-Jean-René répondit :

- C'est exact et je crois que vous allez être très intéressés par cette conférence. Il y aura deux jours de conférences. Je vous ai réservé une chambre à chacun. Dans une heure, ce sera l'heure des vêpres. Je vous souhaite une bonne nuit, que Dieu vous bénisse, et à demain.

Le révérend père abbé Romuald-Jean-René était un

homme âgé d'une soixantaine d'années avec des cheveux très courts et une barbe grisonnante. Il était de taille moyenne, c'était un homme très ouvert et sympathique qui savait se montrer ouvert et compréhensif.

Les chambres étaient grandes avec un ameublement très simple : un lit, une table, une chaise et une armoire. Elles donnaient sur le cloître du monastère, et on pouvait apercevoir la synagogue qui était attenante à l'église. Car comme dans chaque monastère de Nouvelle-France, il y avait des moines israélites et des moines chrétiens.

Après les vêpres, un bon repas et une bonne nuit, le prince Daniel-Cosme et le roi Perceval se rendirent dans la salle à manger de l'hôtellerie, où ils rencontrèrent le révérend père abbé Romuald-Jean-René qui leur dit :

- Bonjour, sire, avez vous bien dormi, sires Daniel-Cosme et Perceval notre roi du Saint-Graal ?

Le roi Perceval répondit au révérend père abbé Romuald-Jean-René :

- Oui nous avons très bien dormi et nous sommes très intéressés par les deux conférences que vous allez nous offrir.

Le roi Perceval était très intéressé par tout ce qui était en rapport avec la Bible.

La conférence sur les dix commandements débuta en présence de tous les séminaristes, aussi bien chrétiens qu'israélites, et de tous les frères et moines prêtres.

Le révérend père abbé Romuald-Jean-René commença sa conférence dans la grande salle de conférence du monastère :

- Bonjour, chers frères israélites et chrétiens, moines et chers séminaristes israélites et chrétiens, prêtres israélites et chrétiens, cher prince Daniel-Cosme et cher roi Perceval, notre roi du Saint-Graal en visite chez nous en

Nouvelle-France. Je vous souhaite la bienvenue pour la conférence sur les dix commandements. Comme chacun le sait, les dix commandements sont une liste de devoirs, comme celui d'honorer les parents, et une liste d'interdictions : tu n'assassineras point, ou tu ne voleras point, ou tu ne commettras point d'adultère, ou tu n'émettras point de faux témoignage. Les dix commandements sont aussi un code de bonne conduite tant pour l'Israélite que pour le Chrétien. Les dix commandements sont aussi un code de morale, car ils balisent bien la conduite du croyant pratiquant. Saint Benoît insiste beaucoup sur un respect scrupuleux des dix commandements de Dieu, qui s'adressent aussi aux écuyers et aux chevaliers. Ils doivent montrer l'exemple dans l'observance des dix commandements de Dieu car un chevalier est un serviteur de Dieu et un serviteur de Dieu doit montrer l'exemple. Un chevalier ne doit jamais utiliser l'épée pour assassiner son adversaire, mais il doit dire une prière pour son adversaire. Un des dix commandements invite les écuyers à honorer leurs parents, et cela demeure valable pour un individu pleinement majeur.

La conférence dura jusqu'à la messe de midi et l'après-midi fut consacré aux ateliers de discussions. Le prince Daniel-Cosme et le roi Perceval participèrent aux discussions avec beaucoup d'intérêt.

Après les vêpres, ce fut le moment du souper, très simple, composé de pain grillé au beurre et d'une tisane à la verveine, car on était entré en temps de carême. Les repas servis aux hôtes étaient donc très frugaux.

Après une bonne nuit, le prince Daniel-Cosme et le roi Perceval se réveillèrent et se rendirent dans la salle où ils rencontrèrent le révérend père abbé Romuald-Jean-René qui leur dit :

— Bonjour, sires Daniel-Cosme du Val-d'Or et Perceval, notre roi, avez-vous passé une bonne nuit ?

Le prince Daniel-Cosme répondit au révérend père abbé Romuald-Jean-René :

— Oui, nous avons très bien dormi. Je trouve que l'on dort très bien dans l'hôtellerie de votre monastère.

Le révérend père abbé leur précisa :

— Après votre petit déjeuner, il vous faudra venir dans le grand oratoire du monastère pour la conférence sur le Symbole des Apôtres.

Un peu plus tard, le prince Daniel-Cosme, le roi Perceval, les séminaristes israélites et chrétiens et la communauté des moines de l'abbaye cistercienne de Notre-Dame-de-la-Paix-du-Nord se rendirent dans le grand oratoire du monastère.

Le révérend père abbé commença sa conférence :

— Bonjour, chers frères. Aujourd'hui nous allons parler du Symbole des Apôtres. Le Symbole des Apôtres est un credo biblique qui énumère la création du ciel et de la terre, la présence de Jésus-Christ. Ce credo nous parle aussi du Saint-Esprit qui a conçu notre Seigneur Jésus-Christ, de la descente aux enfers et de la résurrection. A la fin, le Symbole des Apôtres énumère les autres articles de la foi, comme la foi en la sainte Eglise catholique, en la communion des saints et en la vie éternelle. Le Symbole des Apôtres est un condensé de la Bible, de la création du monde jusqu'au jour du jugement dernier, en passant par la naissance du Seigneur Jésus-Christ, sa passion et sa résurrection.

La conférence dura jusqu'à l'heure de la messe, suivie par l'office de midi. L'après-midi était consacrée à la discussion.

Le prince Daniel-Cosme dit au roi Perceval :

- Cet après-midi, plutôt que d'assister aux discussions sur le Symbole des Apôtres, je propose de vous faire découvrir le séminaire de formation de prêtres israélites. Qu'en pensez-vous, sire Perceval ?

Le roi Perceval répondit au prince Daniel-Cosme :

- Oh oui, je préfère vivement découvrir un séminaire de formation de prêtres israélites plutôt que de participer simplement aux discussions sur le Symbole des Apôtres. J'ai eu mon compte de conférences durant mon voyage en Nouvelle-France.

Le prince Daniel-Cosme alla trouver le révérend père abbé Romuald-Jean-René et lui dit :

- Mon révérend père abbé Romuald-Jean-René, sire Perceval aimerait découvrir le séminaire de formation de prêtres israélites plutôt que d'assister à la discussion sur le Symbole des Apôtres. Je vous demande l'autorisation de visiter le séminaire de prêtres israélites.

Le révérend père abbé répondit au prince Daniel-Cosme :

- Je suis très heureux de voir qu'un roi, surtout un jeune roi qui vient de très loin, est intéressé de découvrir un séminaire de prêtres israélites. Cela montre bien que vous êtes deux jeunes sires qui se préoccupent vraiment des relations entre les Israélites et les Chrétiens. Bien sûr, je vous accorde l'autorisation de visiter le séminaire, car il est aussi très important pour notre roi, sire Perceval, de découvrir un séminaire de formation de prêtres israélites.

Après le repas de midi et l'office de none, le prince Daniel-Cosme et le roi Perceval commencèrent la visite du séminaire de formation de prêtres israélites. La visite commença par la synagogue qui est attenante à l'église du monastère et à celle du séminaire de formation de prêtres chrétiens.

Le prince Daniel-Cosme dit au roi Perceval :

- Ici, c'est la synagogue dans laquelle ont lieu les cérémonies religieuses comme la bar-mitsva qui est l'équivalent de notre confirmation chrétienne. La bat-mitzvah est la cérémonie religieuse équivalente pour les jeunes filles israélites. Vous pouvez voir ce magnifique chandelier avec les sept lumignons qui sont des citrines photoluminescentes. Regardez la belle couleur jaune orangé que donnent ces citrines photoluminescentes. Sur un des vitraux, Moïse tient la Table des dix commandements, et sur un deuxième vitrail, on peut voir l'étoile de David.

Le prince Daniel-Cosme emmena ensuite le roi Perceval dans l'une des salles du séminaire.

- Ici c'est une salle où les séminaristes se réunissent pour discuter des sujets à l'ordre du jour. C'est aussi leur foyer, et quelquefois il y a les séminaristes chrétiens qui sont invités par leurs camarades israélites. Et inversement. Maintenant je vais vous montrer l'autre séminaire, celui des prêtres chrétiens.

Et ils sortirent du séminaire des prêtres israélites pour aller visiter celui des prêtres chrétiens.

- Ici c'est la chapelle du séminaire de formation des prêtres chrétiens. Vous pouvez voir un vitrail qui représente un berger qui garde ses moutons, le deuxième vitrail représente l'entrée de Jésus-Christ à Jérusalem, le troisième vitrail représente la scène du dernier repas. Puis les trois autres vitraux représentent la Vierge Marie avec Jésus-Christ enfant, Jésus-Christ à douze ans lorsqu'il est parmi les scribes et Jésus-Christ qui navigue sur la mer avec la barque. Cette chapelle sert également de lieu où les séminaristes s'exercent à la prédication lorsqu'ils étudient la pastorale. Après les cours magistraux de leur professeur, ils ont des exercices pratiques, pour la prédication comme pour la célébration de la messe. Vous savez tout, sire Perceval. Demain, nous partirons pour la Cité-du-Lac-des-Deux-Montagnes où la princesse Mirabel, vice-reine de Nouvelle-France, nous attend. Ce séjour chez les moines de l'abbaye cistercienne de Notre-Dame-de-la-Paix-du-Nord vous a-t-il plu, sire Perceval ?

Le roi Perceval répondit :

- Oui, beaucoup. Et ces deux conférences du révérend Romuald-Jean-René sur les dix commandements et sur le Symbole des Apôtres m'ont beaucoup apporté. J'ai beaucoup apprécié aussi la visite de ces deux séminaires, israélite et chrétien, et je crois que la cohabitation de prêtres des deux religions est une excellente chose et une preuve vivante de l'importance des relations entre les Israélites et les Chrétiens, aussi bien dans les séminaires de formation de prêtres que dans les monastères que j'ai visités durant mon voyage en Nouvelle-France. Lorsque je rentrerai dans la partie ancienne du royaume du Saint-Graal, j'annoncerai dans mon discours du trône l'accueil des moines israélites dans chaque monastère, et j'annoncerai aussi l'entrée du royaume d'Israël dans le royaume du Saint-Graal. Car j'estime que la patrie de Notre Seigneur Jésus-Christ doit avoir sa place dans le royaume du Saint-Graal. Cela permettrait aussi aux Israélites de se sentir aimés et reconnus. Cela m'a fait très plaisir de découvrir cette abbaye cistercienne de Notre-Dame-de-la-Paix-du-Nord.

CHAPITRE XIV
Le prince Daniel-Cosme du Val d'Or et le roi Perceval arrivent à la Cité-du-Lac-des-Deux-Montagnes et sont reçus par la princesse Mirabel de Nouvelle-France

Le jour du départ arriva.

Le roi Perceval dit au révérend père abbé Romuald-Jean-René :

- Mon révérend père abbé Romuald-Jean-René, je vous remercie de nous avoir si chaleureusement accueillis dans l'hôtellerie de votre monastère. La visite de vos deux séminaires de formation de prêtres israélites et chrétiens m'a apporté beaucoup de connaissances sur les prêtres israélites et chrétiens. Au revoir et que Dieu vous bénisse et bénisse votre abbaye cistercienne et vos séminaristes israélites et chrétiens.

Et le prince Daniel-Cosme du Val d'Or ajouta :

- Moi aussi, je vous remercie de nous avoir reçus si chaleureusement dans votre hôtellerie. Que Dieu vous bénisse et vous garde.

Le révérend père abbé Romuald-Jean-René leur dit alors :

- Ce fut pour moi et pour la communauté des moines un grand honneur de vous recevoir, sires Daniel-Cosme et Perceval, notre roi. Soyez prudents sur la route et que Dieu vous bénisse et vous accompagne. Bon retour en Europe, sire Perceval.

Le prince-Daniel-Cosme reprit possession de son carrosse et de Marjolaine, sa jument blanche. Le voyage dura presque toute la journée. Le prince Daniel-Cosme du Val d'Or et le roi Perceval s'arrêtèrent à midi dans une petite ville appelée la Cité-du-Mont-Laurier sur la rivière du Lièvre. Ils prirent leur repas dans une petite auberge où ils mangèrent une bonne soupe aux pommes de terre, du pain grillé et un gâteau aux pommes et aux poires.

Le roi Perceval dit au prince Daniel-Cosme :

- Dans quelques jours, je traverserai l'océan Atlantique pour regagner l'Europe et la France. Je ne sais pas encore si mon amiral, sire Christian, sera là ou si c'est un autre amiral qui me ramènera sur son bateau. Je suis content de mon odyssée en Nouvelle-France, qui a été pour moi à la fois une découverte et mon tout premier voyage diplomatique en tant que roi. Et vous, sire Daniel-Cosme, comment rentrerez-vous dans votre principauté du Val d'Or ?

Le prince Daniel-Cosme répondit au roi Perceval :

- Par la même route que celle qui va nous conduire jusqu'à la Cité-du-Lac-des-Deux-Montagnes. Mais je m'arrêterai dans une auberge pour passer la nuit, afin de couper le trajet entre la Cité-du-Lac-des-Deux-Montagnes et la Cité-du-Val-d'Or. Ne trouvez-vous pas que cet hiver est long, sire Perceval ?

Le roi Perceval répondit :

- Oui, je trouve que c'est un hiver très long et j'espère retrouver mon château de la Forêt Mystérieuse dans un beau décor printanier. Je suis sûr qu'en Europe, le printemps est en train de s'installer.

Aussitôt leur repas terminé, le prince Daniel-Cosme et le roi Perceval reprirent la route et arrivèrent dans la soirée dans la principauté du Lac-des-Deux-Montagnes.

Le prince Daniel-Cosme sortit sa corne et souffla dedans, et la grille en fer forgé du grand château de la princesse Mirabel se leva. La grande porte s'ouvrit et un jeune prince apparut. C'était un des petits frères de la princesse Mirabel de Nouvelle-France. Il s'appelait

Maxime, il avait quinze ans et il était en train de finir ses études fondamentales chez les bénédictins de l'abbaye de Notre-Dame-du-Rosaire située à Joliette, au nord de Mont-Royal.

Le jeune prince Maxime dit au prince Daniel-Cosme et au roi Perceval :

- Bonsoir, sires, entrez, ne restez pas dans le froid, venez à l'intérieur, vous serez mieux. Je vais aller chercher ma grande sœur, la princesse Mirabel, princesse régnante de la principauté du Lac-des-Deux-Montagnes et vice-reine de Nouvelle-France.

Le jeune prince Maxime alla chercher sa grande sœur. La princesse Mirabel dit au prince Daniel-Cosme et au roi Perceval :

- Bonsoir sire Daniel-Cosme et sire Perceval, notre roi. Avez-vous fait bon voyage ?

Le prince Daniel-Cosme du Val d'Or dit à la princesse Mirabel de Nouvelle-France :

- Oui, nous avons fait un bon voyage, nettement moins long que celui qu'a fait notre roi, sire Perceval. Nous nous sommes arrêtés deux jours dans une abbaye cistercienne anachorétique qui s'appelle l'abbaye de Notre-Dame-de-la-Paix-du-Nord. Il y avait deux conférences, l'une sur les dix commandements et l'autre sur le Symbole des Apôtres. J'ai fait découvrir un séminaire de formation de prêtres israélites à sire Perceval, notre roi. Et ensuite nous avons repris la route pour la principauté du Lac-des-Deux-Montagnes.

La princesse Mirabel voulut tout savoir sur l'odyssée du roi Perceval en Nouvelle-France.

Le roi Perceval commença à raconter son voyage à la princesse Mirabel :

- Après vous avoir rendu visite, je me suis arrêté en

Assiniboinie, chez le prince Gabriel qui m'a fait découvrir le grand parc préhistorique de Deloraine. Puis je me suis rendu à Saint-Albert chez la princesse Alice, dont le frère, le prince Eugène-Daniel m'a fait découvrir deux monastères bénédictins anachorétiques, dont l'un se trouve se trouve à Saint-Delacour et l'autre près du Lac-aux-Pigeons. J'ai ensuite traversé les Montagnes Rocheuses. Une fois franchi le col juste après le lac Louise, j'ai fait la rencontre du prince Nicolas des Iles d'Emeraude dans une abbaye cistercienne dans laquelle il est tertiaire, l'abbaye de Notre-Dame-du-Lac-des-Saumons. Le prince Nicolas m'a emmené dans le château de son enfance à Saint-Nicolas-des-Montagnes-Rocheuses. Puis nous nous sommes rendus dans l'abbaye bénédictine où il a fait ses études fondamentales, l'abbaye de Notre-Dame-de-la-Vallée-des-Miracles. Après quoi il m'a emmené à Granville où nous avons rendu visite à dame Lynne de Granville. Nous sommes ensuite repartis pour le château du prince Nicolas des Iles d'Emeraude à Fort-Saint-Jean-Baptiste pour fêter ses vingt-cinq ans. Et nous sommes allés à l'abbaye cartusienne de Notre-Dame-du-Nid-de-la-Grouse, dans laquelle il a fait ses études de théologie et un apprentissage de jardinier. Il m'a aussi fait découvrir un parc préhistorique consacré aux léviathans, dans l'île du Grand-Léviathan où j'ai découvert les ossements d'un léviathan qui est l'ancêtre préhistorique du lamantin. Nous avons passé les fêtes de Noël et de fin d'année dans le château de son enfance. Puis nous avons fait diverses visites dans plusieurs principautés du nord de la Nouvelle-France, d'abord chez le prince Jérôme d'Alascanie qui m'a fait découvrir des peintures rupestres, et ensuite chez le prince Alexandre-Cosme d'Athabascanie. Lui m'a fait découvrir l'astronomie et l'existence de canards et de cygnes préhistoriques qui étaient des oiseaux géants. Le prince Nicolas des Iles d'Emeraude a dû rentrer dans son château à Fort-Saint-Jean-Baptiste pour reprendre la gouvernance de la principauté des Iles d'Emeraude. Le prince Alexandre-Cosme ayant reçu une invitation à venir rendre visite au prince Gabriel d'Assiniboinie, je l'ai accompagné et le prince Gabriel m'a fait découvrir l'université de Saint-Boniface. Une fois le prince Alexandre-Cosme reparti dans sa principauté d'Athabascanie, le prince Gabriel m'a montré d'autres vestiges préhistoriques. Une diligence m'a ensuite conduit chez le prince Daniel-Cosme du Val d'Or qui m'a fait découvrir l'université du Val d'Or et deux séminaires de formation de prêtres israélites et chrétiens. Et nous voilà arrivés, ici, dans la Cité-du-Lac-des-Deux-Montagnes. Dans quelques jours, je vais rentrer en Europe, car je suis sûr que mon frère l'amiral Christian sera dans la région. Il vient très souvent en Nouvelle-France J'ai constaté que les hivers néo-français étaient particulièrement froids et neigeux, dame Mirabel. Combien de temps durent-ils ?

La princesse Mirabel répondit au roi Perceval :

- Ici, les hivers sont en effet très froids et très longs mais il me semble que l'hiver va bientôt et enfin laisser la place au printemps. Il neige encore, mais il commence à faire moins froid maintenant.

Puis la princesse Mirabel convia le prince Daniel-Cosme et le roi Perceval au souper, qui était composé d'une cuisse de poulet, de pommes de terre et d'un dessert aux poires.

La princesse Mirabel dit au roi Perceval pendant le souper :

- Sire Perceval, comment avez-vous pu faire de si longs trajets en Nouvelle-France ?

Le roi Perceval dit à la princesse Mirabel :

- Je m'arrêtais dans les ermitages-relais tenus par des tertiaires cisterciens, bénédictins ou cartusiens. Il y a beaucoup de tertiaires dans notre grand royaume du Saint-Graal, et les tertiaires, eux aussi, ont une mission à remplir dans l'avancement du règne de Notre Seigneur Jésus-Christ.

Le souper se termina et toute la famille de la princesse Mirabel se rendit à la messe qui avait lieu dans la chapelle du château. Toute la famille de la princesse Mirabel était réunie, sauf ses parents qui étaient au château de Sainte-Monique, le second château de la famille de la princesse régnante de Nouvelle-France.

CHAPITRE XV
La princesse Mirabel emmène le roi Perceval dans son second château à Sainte-Monique et exprime le désir de découvrir la partie ancienne du royaume du Saint-Graal qui est l'Europe

Après une nuit passée au château de la princesse Mirabel, le prince Daniel-Cosme et le roi Perceval descendirent dans la grande salle à manger pour le petit déjeuner qui était composé d'un bol de thé et d'un bon pain grillé.

Pendant le petit déjeuner, la princesse Mirabel dit :
- Vous savez, sire Perceval, j'aimerais venir avec vous pour découvrir la partie ancienne du royaume du Saint-Graal et votre immense château qui se trouve en Bourgogne, près d'une abbaye cistercienne célèbre.

Le roi Perceval dit à la princesse Mirabel :
- Je suis vraiment touché d'entendre la vice-reine de Nouvelle-France émettre le désir de venir en Europe. Je pourrai certainement vous prendre sur la caravelle de mon frère, l'amiral Christian, qui sera heureux de vous accueillir. Il vous faudra aussi organiser votre retour en Nouvelle-France et il vous faudra certainement confier la régence de la Nouvelle-France. Il faudra aussi que la Nouvelle-France ne reste pas trop longtemps sans sa vice-reine.

La princesse Mirabel de Nouvelle-France dit au roi Perceval :
- Pour ce qui est de la régence, ce ne sera pas trop difficile car mon père, sire Julien, qui n'est pas encore trop âgé, et ma grande sœur qui s'appelle Jeane-Alice, accepteront sans nul doute de gouverner la Nouvelle-France. Et je serai absente beaucoup moins longtemps

que vous avez été absent, vous, de votre château de la Forêt Mystérieuse. Après le petit déjeuner, nous nous rendrons dans le manoir de Sainte-Monique qui est plus un petit château-fort qu'un manoir.

Il arrivait souvent que des princes ou princesses aient deux châteaux, et même davantage. Une fois couronnés et adoubés chevaliers par leurs parents, les jeunes souverains recevaient le château de leurs parents, et les princes et princesses émérites organisaient leur vie de souverain émérite au calme, dans un château secondaire à l'écart de la vie princière ou de la principauté. Mais les parents revenaient très souvent rendre visite à leur fils ou leur fille qui venait d'être couronné(e), pour les soutenir durant les deux ou trois premières années de leur règne.

Déjà enfant, vers dix ou douze ans, la princesse Mirabel avait eu envie de découvrir la partie ancienne du royaume du Saint-Graal.

Après le petit déjeuner la princesse Mirabel emmena le prince Daniel-Cosme et le roi Perceval au château de Sainte-Monique, la résidence de ses parents. Le voyage entre la Cité-du-Lac-des-Deux-Montagnes et Sainte-Monique dura deux heures.

La princesse Mirabel dit au prince Daniel-Cosme et au roi Perceval :

- Voici le manoir de mes parents. Nous allons y prendre notre repas de midi, et cet après-midi je vous emmènerai voir l'abbaye cistercienne de Notre-Dame-de-Sainte-Scholastique et dire bonjour au révérend père abbé Jean-Nicolas-Marie. Puis nous passerons la nuit ici et demain nous retournerons à mon château de la Cité-du-Lac-des-Deux-Montagnes.

Le prince Daniel-Cosme du Val d'Or lui dit :

- C'est un grand honneur de découvrir ce petit château.

Au cours du repas, le prince Daniel-Cosme déclara :

- Je ne sais pas ce que vous en pensez, dame Mirabel, mais pour ma part je souhaiterais que ma principauté du Val d'Or soit mieux desservie par les services de diligences. Notre roi Perceval n'a pas pu en reprendre une depuis la Cité-du-Val-d'Or, moins bien desservie que la Cité-des-Outaouais.

La princesse Mirabel lui répondit :

- En effet, il n'y a pas assez de lignes de diligences qui desservent le nord de la Nouvelle-France. Lors de mon prochain discours du trône, je mettrai la question de l'augmentation des services de diligences à l'ordre du jour.

Le roi Perceval interrogea la princesse Mirabel :

- Dame Mirabel, savez-vous si mon amiral, sire Christian, est dans la région ?

La princesse Mirabel répondit :

- Vous avez de la chance, beaucoup de chance, votre amiral est à Mont-Royal. Il réside habituellement dans une auberge qui est située en face du port. Je peux vous y conduire. Je vais aussi voir si je peux envisager de confier la vice-royauté de Nouvelle-France à Jeane-Alice, ma sœur, et si elle accepte.

Le repas était délicieux, il y avait une soupe aux épinards avec des pommes de terre, du pain, un dessert aux pruneaux et un bol de café.

La princesse Mirabel emmena ensuite le prince Daniel-Cosme et le roi Perceval à l'abbaye cistercienne de Notre-Dame-de-Sainte-Scholastique où ils arrivèrent pour l'office de none.

Le révérend père abbé Jean-Nicolas-Marie dit à dame Mirabel, et aux sires Daniel-Cosme et Perceval :

- Bonjour, soyez les bienvenus dame Mirabel. Et qui

sont ces deux jeunes sires ?

La princesse Mirabel répondit au révérend père abbé Jean-Nicolas-Marie :

- Voici le sire Daniel-Cosme, prince du Val d'Or, la principauté voisine, et sire Perceval, notre roi du royaume du Saint-Graal.

Le révérend père abbé Jean-Nicolas-Marie leur dit :

- Soyez les bienvenus chez nous, à l'abbaye de Notre-Dame-de-Sainte-Scholastique. Comme l'heure de l'office de none approche, nous nous verrons plus tard. Vous êtes invités à assister à l'office de none et nous nous retrouverons ensuite dans mon bureau.

Après l'office, le révérend père abbé Jean-Nicolas-Marie les reçut et dit :

- Comment allez-vous, dame Mirabel, et comment va la principauté du Lac-des-Deux-Montagnes ?

Elle lui répondit :

- La principauté du Lac-des-Deux-Montagnes et la Nouvelle-France se portent très bien. Il manque pourtant quelques lignes de diligences, comme me l'a fait remarquer le prince Daniel-Cosme du Val d'Or.

Le prince Daniel-Cosme dit au révérend père abbé Jean-Nicolas-Marie :

- C'est un grand honneur de venir vous rendre visite mon révérend père abbé Jean-Nicolas-Marie. Je suis en visite diplomatique chez la princesse Mirabel pour parler du manque de lignes de diligences. Elle m'a promis qu'elle envisagerait la mise en place de nouvelles lignes. Et je suis aussi venu vous rendre visite parce que je suis tertiaire d'une abbaye cistercienne située dans le nord-ouest de la Nouvelle-France, l'abbaye de Grandes-Prairies, dans la principauté d'Athabascanie.

Le révérend père abbé Jean-Nicolas-Marie lui dit :

- Je vois que vous êtes un fidèle tertiaire qui vient rendre visite aux abbayes cisterciennes sœurs.

Le roi Perceval se présenta à son tour au révérend père abbé Jean-Nicolas-Marie :

- Je m'appelle sire Perceval, je suis le roi du Saint-Graal et je suis au terme d'un long voyage diplomatique en Nouvelle-France. Mon peuple et les peuples de la partie ancienne du royaume du Saint-Graal m'attendent. Voilà presque un an que je suis parti d'Europe.

Le révérend père abbé dit au roi Perceval :

- Je vous connais, car j'ai entendu parler de tous vos exploits qui ont consisté à mettre fin aux croisades et à découvrir ce Vase sacré que tant de chevaliers, notamment ceux de la célèbre Table Ronde, n'avaient pas réussi à retrouver. Ces exploits vous ont valu d'être couronné roi. C'est la princesse Mirabel qui m'a raconté tout cela. Ses parents sont venus à votre couronnement au château de la Forêt Mystérieuse. Je crois que sans vous, nous serions encore dans cette sinistre époque de notre histoire qu'était le Moyen-âge.

A leur retour au manoir de Sainte-Monique, un délicieux souper attendait la princesse Mirabel de Nouvelle-France, le prince Daniel-Cosme et le roi Perceval. Le repas était composé de riz avec une cuisse de poulet, d'une tasse de tisane et d'un dessert aux pommes.

La princesse Mirabel dit pendant le souper :

- Nous allons passer la nuit ici, et demain nous retournerons à mon château de la Cité-du-Lac-des-Deux-Montagnes. Sire Perceval, vous pourrez aller voir l'amiral Christian, votre frère, et lui exposer mon souhait de venir dans la partie ancienne du Saint-Graal. Quant à moi, je planifierai la régence de la vice-royauté de la

Nouvelle-France. Sire Daniel-Cosme, vous pouvez repartir l'esprit tranquille dans votre principauté du Val d'Or, car je veillerai à ce que l'on améliore les lignes de diligences desservant votre principauté. Je vous souhaite bon appétit et que Dieu bénisse ce repas.

Après le repas, ils se rendirent tous trois dans leurs chambres respectives et passèrent une bonne nuit.

CHAPITRE XVI
L'amiral Christian rencontre son frère, le roi Perceval, en compagnie de la princesse Mirabel qui désire découvrir la France et l'Europe, partie ancienne du royaume du Saint-Graal

A leur réveil, le prince Daniel-Cosme et le roi Perceval descendirent dans la salle à manger du petit château de la famille princière de la principauté du Lac-des-Deux-Montagnes où la princesse Mirabel et sa famille les attendaient.

La princesse Mirabel dit à toute sa famille :

- Bonjour, j'ai l'immense honneur de vous dire que notre roi, sire Perceval, est revenu de son odyssée en Nouvelle-France. L'honneur, aussi, de l'accueillir à nouveau, et d'accueillir le prince Daniel-Cosme du Val-d'Or. Hier je suis allée avec eux à l'abbaye cistercienne de Notre-Dame-de-Sainte-Scholastique. Aujourd'hui je vais accompagner notre roi, sire Perceval, à Mont-Royal retrouver son frère, l'amiral Christian.

Le prince Daniel-Cosme prit la parole :

- C'est un honneur pour moi de me trouver ici, dans la principauté du Lac-des-Deux-Montagnes. J'espère que ma principauté du Val d'Or aura des liens encore plus étroits avec votre principauté, notamment avec plus de lignes de diligence, afin de rapprocher le plus possible les Néo-Français. Je vous transmets les salutations de toute la famille princière du Val d'Or.

Le prince émérite du Lac-des-Deux-Montagnes, sire Julien, dit au prince Daniel-Cosme et au roi Perceval :

- Pour nous aussi, c'est un grand honneur de vous accueillir, sire Daniel-Cosme du Val d'Or et sire Perceval, notre roi. Le grand voyage diplomatique que vous venez d'accomplir à travers toute la Nouvelle-France, sire Perceval, impliquait de votre part beaucoup de volonté, de courage et de bravoure, surtout en plein hiver dans le froid, la nuit et la neige.

Après le petit déjeuner, la princesse Mirabel et le roi Perceval dirent au revoir au prince Daniel-Cosme :

- Bon retour dans votre principauté du Val d'Or. Soyez prudent sur la route, et que Dieu vous bénisse, vous protège et vous accompagne.

Le prince Daniel-Cosme dit au roi Perceval :

- Bon retour en Nouvelle-France, sire Perceval, et bon voyage sur l'océan Atlantique. Soyez prudent et que Dieu vous bénisse et vous protège.

Puis il s'adressa à dame Mirabel :

- Pour moi cela fut un très grand honneur de venir dans votre principauté du Lac-des-Deux-Montagnes, dame Mirabel.

Et le prince Daniel-Cosme partit avec son carrosse et sa jument, Marjolaine.

La princesse Mirabel et le roi Perceval quittèrent le manoir de Sainte-Monique pour se rendre au château de la princesse Mirabel où ils arrivèrent vers midi. Ils se rendirent à la messe, dans la chapelle du château, puis ils prirent un repas composé d'une soupe à la laitue, de brocolis et de pommes de terre, et d'un dessert délicieux aux cassis et aux pêches.

La princesse Mirabel dit au roi Perceval :

- Après le repas de midi, je vous emmènerai à Mont-Royal, voir votre frère amiral et je commencerai à planifier mon voyage en Europe. Je me réjouis beaucoup de découvrir la partie ancienne du royaume du Saint-Graal, la France, l'Italie et le château de la Forêt Mystérieuse où vous avez retrouvé le Vase sacré. Je me réjouis aussi de connaître vos parents et votre famille.

Le roi Perceval dit à la princesse Mirabel :

- Mes parents auront certainement beaucoup de plaisir à faire la connaissance d'une princesse néo-française. Et ils auront du plaisir à entendre parler de ce qu'est la Nouvelle-France.

Ils entendirent alors le son d'une corne qui venait de l'extérieur du château, et ils furent très surpris quand le conseiller personnel de la princesse Mirabel, qui s'appelait Julius, vint lui dire qu'un amiral était là et qu'il voulait la voir.

La princesse Mirabel dit à Julius :

- Qui est-ce-qui vient nous rendre visite ? Julius, pouvez-vous demander à cet amiral de venir ici ?

Julius amena le visiteur. C'était l'amiral Christian, qui s'exclama :

- Quelle belle surprise de te voir là, sire Perceval ! Comme je ne savais pas où tu étais, je me suis dit que j'allais rendre visite à la vice-reine de Nouvelle-France pour avoir des nouvelles de toi et de ton immense odyssée en Nouvelle-France.

Le roi Perceval dit à son frère, l'amiral Christian :

- C'est aussi une belle surprise pour moi de te voir ici. Nous étions sur le point de partir à ta recherche. Comment s'est déroulée ta traversée de l'Atlantique, et comment vont nos parents ?

L'amiral Christian répondit au roi Perceval :

- Mon voyage sur l'océan Atlantique s'est bien passé à part que le temps était très souvent gris. Le printemps commence à faire son apparition en France. Il n'y a presque plus de neige. Quant aux parents, ils vont bien. Ils commencent à se demander quand tu reviendras. Ta lettre de Noël a mis presque deux mois pour leur parvenir, mais ils étaient heureux de recevoir de tes nouvelles. Sire Daniel et dame Hélène ont reçu la visite du prince héritier d'Arabie, Abdallah Housouyef, qui t'invite à la Mecque, en Arabie. Sire Romain a pris goût à son futur métier de duc régnant sur la Bretagne. Le révérend Gabriel espère toujours devenir évêque. Et notre frère, le père Gérald, est content de son ministère de moine prêtre. Quant à moi, je continue mon métier d'amiral comme à l'époque du Roi Arthur qui est toujours à l'abbaye bénédictine de Glastonbury.

Le roi Perceval dit à son frère :

- Je suis très heureux de t'entendre. Il est temps pour moi de rentrer au château de la Forêt Mystérieuse. Et la princesse Mirabel de Nouvelle-France a exprimé le souhait de venir avec moi en Europe. Comment vas-tu organiser mon retour en Europe ? Combien de temps comptes-tu encore rester en escale en Nouvelle-France ?

L'amiral Christian répondit au roi Perceval :

- Je pense que mon escale va durer encore trois ou quatre jours, ce qui permettra à la princesse Mirabel de préparer son voyage, de faire ses bagages et d'annoncer son départ à sa famille. Vous pourriez venir à mon auberge, dame Mirabel et toi, lorsque vous aurez décidé de la date de votre traversée de l'océan Atlantique.

En fin de journée, l'amiral Christian retourna à son auberge de Mont-Royal.

Au cours du souper, dame Mirabel dit au roi Perceval :

- C'est vraiment extraordinaire de venir en Europe, avec vous sire Perceval. Demain, nous retournerons au manoir de Sainte-Monique. J'annoncerai mon départ de Nouvelle-France à ma famille, et je confierai la régence de la Nouvelle-France à la princesse Jeane-Alice, ma sœur ainée, qui devrait être là demain.

Le roi Perceval lui dit :

- Maintenant, je vais un peu vous expliquer l'histoire de l'Europe, la partie ancienne du royaume du Saint-Graal. L'Europe a une histoire plus riche que la Nouvelle-France. D'abord il y a eu l'Empire romain qui s'est ensuite morcelé, ce qui nous a valu notre chute dans les années sombres du Moyen-âge. Un jour, il y a eu un très grand maître spirituel qui s'appelait saint Bernard de Clairvaux qui a fondé l'ordre de Cîteaux, d'où le nom de l'ordre cistercien. Et nous sommes sortis du Moyen-âge et entrés dans l'ère postmédiévale après l'arrêt des croisades et la découverte du Vase sacré. Vous pourrez en apprendre encore plus sur l'Europe, lorsque nous serons arrivés en France, à la Forêt Mystérieuse.

La princesse Mirabel dit au roi Perceval :

- Je suis vraiment très intéressée de découvrir que la partie ancienne du royaume du Saint-Graal a une longue histoire, riche en événements. Mais je dois dire que la Nouvelle-France a aussi une longue histoire, qui est différente de celle de l'Europe. Ici en Nouvelle-France, nous avons une longue et riche histoire sur le plan naturel, avec beaucoup de parcs préhistoriques et paléontologiques comme le parc de Deloraine, où le prince Gabriel vous a emmené lorsque vous étiez en Assiniboinie, ou comme le parc de la Cité-du-Fond-du-Lac que le prince Alexandre-Cosme d'Athabascanie vous a montré, ou le parc de l'île du Grand-Léviathan dans la principauté des Iles d'Emeraude. Notre contrée a, elle aussi, une longue histoire et beaucoup de choses à faire découvrir à ses habitants. L'histoire de chacune des deux parties du royaume du Saint-Graal est très intéressante.

En effet, l'histoire de la Nouvelle-France, si elle était longue, était pauvre en événements, hormis le départ des civilisations incas, cajuns et appalaches. Mais la Nouvelle-France était riche en histoire naturelle, et ses parcs préhistoriques en étaient les témoins.

CHAPITRE XVII
La princesse Mirabel annonce à sa famille qu'elle va partir avec le roi Perceval

Le lendemain, une fois au petit château de Sainte-Monique, la princesse Mirabel de Nouvelle-France annonça son départ à sa famille :
- Bonjour sire Julien et dame Jeane, mes parents. Je viens vous annoncer que j'ai décidé de partir pour l'Europe, la partie ancienne du royaume du Saint-Graal. Nous avons vu l'amiral Christian, le frère de notre roi Perceval. Il est venu au château de la Cité-du-Lac-des-Deux-Montagnes et nous avons discuté de mon projet de voyage en Europe et du retour de notre roi Perceval. Maintenant, je vais organiser l'établissement de la régence de la vice-royauté de la Nouvelle-France. La princesse Jeane-Alice serait d'accord pour en assumer la charge.

Le prince Julien dit à sa fille :
- C'est une très bonne idée, dame Mirabel, de partir découvrir la partie ancienne du royaume du Saint-Graal, surtout en la compagnie de notre roi, le sire Perceval.

Puis la mère de dame Mirabel dit au roi Perceval :
- Prenez bien soin de notre fille, sire Perceval, et soyez prudents, surtout sur l'océan Atlantique qui est parfois très agité. Nous espérons que notre fille reviendra très rapidement en Nouvelle-France.

Le roi Perceval dit à la famille de la princesse Mirabel :
- Ne vous inquiétez surtout pas. Je veillerai sur votre fille et je suis sûr qu'elle se plaira en Europe. Elle pourra découvrir l'histoire de la partie ancienne du royaume du Saint-Graal.

Au cours du repas de midi, la princesse Mirabel dit :

- Je me réjouis aussi de découvrir, à mon tour, l'immense château de notre roi Perceval dans la Forêt Mystérieuse, proche de l'abbaye fondée par le célèbre guide spirituel, saint Bernard.

Le roi Perceval ajouta :

- J'emmènerai aussi dame Mirabel à Paris et à Rome. Et bien sûr, à Rennes où j'ai passé mon enfance.

Et il décida de leur raconter l'histoire des chevaliers de la Table Ronde :

- Je vais vous parler un peu des chevaliers de la Table Ronde. Cet ordre a été fondé au sixième siècle, alors que la Nouvelle-France n'existait pas encore : elle n'avait pas encore été découverte par les Vikings. A cette époque régnait la terreur. Parmi les chevaliers de la Table Ronde, il y en avait trois, particulièrement valeureux : Lancelot du Lac, qui est finalement devenu moine, Yvain qui a servi le Roi Arthur jusqu'à la fin de son premier règne, et le fameux sire Perceval le Gallois qui a disparu sans laisser de traces et dont personne ne sait ce qu'il est devenu. Il y avait aussi la fée Morgane, Merlin l'Enchanteur qui a instruit le jeune Roi Arthur entre seize et vingt-et-un ans. Et à l'époque il y avait un autre valeureux chevalier qui s'appelait Roland. Son histoire s'appelle la Chanson de Roland, que j'ai étudiée durant ma dernière année d'études fondamentales, chez les moines bénédictins de l'abbaye de Mouthier-Royal. Comme vous pouvez le voir, dame Mirabel, l'Europe est très riche en contes et légendes, et ces récits représentent une grande part du riche patrimoine de l'Europe. L'Europe est aussi très riche sur le plan philosophique, littéraire et scientifique, avec Platon, Socrate ou Sophocle, Pythagore et son théorème, ou Thalès. Comme vous le voyez, l'Europe a beaucoup de choses à offrir à la partie nouvelle du royaume du Saint-Graal qui n'a même pas deux siècles d'histoire. Mais la partie nouvelle du royaume du Saint-Graal nous offre, elle, un très riche patrimoine archéologique et paléontologique, avec tous les parcs que j'ai pu découvrir.

La princesse Mirabel demanda alors au roi Perceval :

- Et les Indes ? Avez-vous une connaissance des Indes et de l'Asie, sire Perceval ?

Il lui répondit :

- Oui, oui, j'ai une assez bonne connaissance des Indes, car durant mes études de théologie, à Oxford, nous avons eu un cours d'histoire des civilisations. Le professeur d'histoire des civilisations anciennes nous avait expliqué que les Indes possédaient une très longue histoire qui remontait au second millénaire avant notre ère. La civilisation aryenne s'était établie notamment dans le sud des Indes. Plus tard, il y a eu une dynastie qui s'appelait les Mauryas, vers deux cents ans avant la naissance du Christ. Et vers l'année deux cents de l'ère chrétienne, il y a eu un grand roi, Kusana, qui a contribué à l'essor de la civilisation indienne. Sur le plan religieux, les Indes ont vu naître le bouddhisme, qui a été fondé par Bouddha, dans les montagnes du nord des Indes. Bouddha était aussi un grand philosophe et il a vécu jusqu'à l'âge de quatre-vingts ans. Les Indes sont un immense pays qui va de la Perse jusqu'à la péninsule malaise. En Asie, il y a un autre très grand pays qui s'appelle la Chine et qui a aussi une très longue histoire. Cette histoire débute dès l'ère paléolithique. Et de nombreuses dynasties se sont succédé à la tête de la Chine. Vers mille six cents ans avant Jésus-Christ, il y a eu la dynastie des Shang, suivie par celle des Zhou. Vers deux cents ans avant-Jésus-Christ, il y a eu la dynastie des

Han avec l'empereur Wou-ti. Plus tard, vers l'an cinq cents, il y a eu la dynastie des Sui, et du septième au neuvième siècle il y a eu la dynastie Tang, avec l'empereur Song. Vous voyez, dame Mirabel, que la Chine et les Indes ont une histoire bien plus longue que la nôtre.

La princesse Mirabel dit au roi Perceval :

- Je suis émerveillée par la culture que vous avez acquise tout au long de vos études de théologie. Je vous félicite, sire Perceval, de m'avoir fait cette petite conférence sur l'Europe et sur les civilisations asiatiques anciennes.

CHAPITRE XVIII
La princesse Mirabel et le roi Perceval quittent la Nouvelle-France pour l'Europe avec l'amiral Christian

Après le repas de midi la princesse Mirabel dit à ses parents et à sa famille :

- Je vous souhaite un bon déroulement de la régence de la Nouvelle-France. Que Dieu vous accompagne et vous protège durant mon absence. Et je vous remercie d'avoir si bien accueilli sire Perceval, notre roi du Saint-Graal.

Le prince Julien dit :

- Nous souhaitons un très bon voyage et beaucoup de bonheur à notre princesse et vice-reine de Nouvelle-France, dame Mirabel. Et nous comptons sur vous, sire Perceval, pour assurer la sécurité et la protection de notre fille, la princesse Mirabel.

Puis la princesse Mirabel embrassa ses parents et sa famille, et elle quitta le manoir de Sainte-Monique en compagnie du roi Perceval en direction de Mont-Royal.

La princesse Mirabel s'arrêta à son château pour prendre ses bagages. Puis ils repartirent pour Mont-Royal où le roi Perceval avait donné rendez-vous à son frère, l'amiral Christian.

A l'auberge où logeait l'amiral Christian, le roi Perceval dit à son frère :

- Bonjour, sire Christian, nous sommes prêts pour embarquer à bord de ta caravelle l'*Etoile de la Mer* et rejoindre la partie ancienne du royaume du Saint-Graal.

L'amiral Christian leur dit :

- Fort bien. Nous partirons demain matin. J'ai demandé à l'aubergiste de vous loger. Nous allons bientôt prendre le souper.

Ils soupèrent d'un poisson, de pain grillé et d'une tarte aux pommes.

Avant d'aller au lit, l'amiral Christian leur dit :

- Bonne nuit, faites de beaux rêves, et à demain. Nous partirons après le petit déjeuner.

Au matin, la princesse Mirabel et le roi Perceval descendirent dans la salle à manger où l'amiral Christian les attendait.

Il leur dit :

- Ma caravelle l'*Etoile de la Mer* est amarrée là-bas. On la voit d'ici.

Et en effet, le roi Perceval reconnut la caravelle l'*Etoile de la Mer*. Une heure plus tard, ils embarquèrent tous les trois. L'amiral Christian donna l'ordre à ses marins de larguer les amarres et la caravelle partit.

Une heure plus tard la princesse Mirabel dit au roi Perceval :

- C'est extraordinaire de se trouver à bord d'un bateau comme celui-ci et de voir défiler le paysage de l'est de la Nouvelle-France, tout le long des rives du très grand fleuve qu'est le Saint-Laurent.

L'amiral Christian leur dit :

- Si vous le voulez, dame Mirabel et sire Perceval, il y a un hublot à travers lequel on peut voir les fonds marins. Le repas de midi est dans deux heures. Nous arriverons en Europe dans une semaine.

Au cours du repas, l'amiral Christian prit la parole :

- Comme je te l'ai dit, sire Perceval, nos parents ont reçu la visite du prince Abdallah Housouyef d'Arabie qui t'invite à venir à la Mecque, car il va bientôt être couronné roi d'Arabie. Et ton immense château de la Forêt Mystérieuse se porte très bien. Dame Hélène, notre mère, l'a magnifiquement bien entretenu. Quant à notre roi émérite Arthur, il est toujours à l'abbaye de Glastonbury.

Le roi Perceval demanda à l'amiral Christian :

- Quel temps fait-il maintenant, dans la partie ancienne du royaume du Saint-Graal ?

Et l'amiral Christian lui répondit :

- Il fait déjà doux et le printemps est presque là. La neige a fondu progressivement et dans le sud de l'Italie, en particulier à Sainte-Lucie, une petite île au nord de la Sicile où je suis allé, le temps était magnifique. Cette île est sur le chemin de l'Egypte où je navigue aussi. Et quand je suis arrivé en Egypte, il y a presque deux mois, il y faisait presque aussi chaud qu'en France en juin ou en juillet.

Et l'amiral Christian ajouta :

- Au fait, Sire Perceval, tu as aussi reçu une lettre de la princesse Marie-Luce, qui gouverne la petite île de Sainte-Luce. Cette île se trouve dans l'archipel des îles Eoliennes, entre l'île Vulcain et l'île Saline. A Sainte-Lucie, il y a un ordre de chevalerie chrétienne qui est moribond. Cet ordre des chevaliers de Sainte-Lucie est un ordre hospitalier, qui a été fondé par la princesse Lucie. Elle a été canonisée il y a cinq siècles, environ vingt-cinq ans après sa mort. Cet ordre risque de disparaître, et je crois que c'est pour cette raison que la princesse Marie-Luce t'a écrit. Je n'ai pas lu sa lettre, mais nos parents pense que dame Marie-Luce espère que tu ressusciteras l'ordre des chevaliers hospitaliers de Sainte-Lucie.

Le roi Perceval demanda alors à son frère :

- Amiral Christian, pourrais-tu nous raconter ce que tu sais d'autre sur l'ordre des chevaliers de Sainte-Lucie ?

Quant à la lettre de dame Marie-Luce, j'ai pris note et je lui rendrai visite lorsque je reviendrai de mon voyage en Arabie et en Egypte.

Sire Christian raconta ce qu'il savait de cet ordre :

- L'ordre des chevaliers hospitaliers de Sainte-Lucie a été fondé au sixième siècle, vers l'an de grâce cinq cent vingt, par la princesse Lucie. Le premier commandeur de l'ordre s'appelait sire Choiseul. Une petite ville du sud de l'île de Sainte-Lucie porte d'ailleurs son nom. L'épouse de sire Choiseul s'appelait dame Laborie ; et son fils, Jean-Nicolas de Castries, succéda à son père. Après avoir essaimé dans presque toutes les principautés du pourtour méditerranéen, l'ordre a commencé à décliner. Il ne reste aujourd'hui que très peu de chevaliers de l'ordre de Sainte-Lucie. La princesse Lucie, elle, a été canonisée par le pape Vitalien, autour de l'an de grâce six cent soixante-sept. Voilà ce que je sais, sire Perceval. Maintenant, je dois retourner au gouvernail.

Deux heures plus tard, l'amiral Christian appela la princesse Mirabel et le roi Perceval :

- Venez voir ce que je viens de voir à travers le hublot, c'est un mammifère marin, un lamantin et une magnifique faune, avec un banc de poissons.

La princesse Mirabel et le roi Perceval s'avancèrent et allèrent dans la salle où se trouvait le hublot.

La princesse Mirabel vit le lamantin et le banc de poissons qui passaient devant le hublot et dit :

- C'est grandiose amiral Christian ! C'est la première fois que je peux voir au fond de l'eau et que je vois un lamantin. Qu'est-ce que c'est que cet énorme poisson ?

L'amiral Christian lui expliqua :

- C'est un brochet. Les brochets vivent au fond des grands fleuves comme le Saint-Laurent qui se jette dans l'océan Atlantique.

La princesse Mirabel vit aussi de grosses écrevisses qui mangeaient et qui marchaient au fond du fleuve.

Le roi Perceval dit à la princesse Mirabel :

- Vous voyez, ces gros crustacés sont des écrevisses-homards. On les appelle écrevisses-homards à cause de leur taille. Ces crustacés-là ont une taille plus grosse que des écrevisses et une taille plus petite que les homards. J'en ai déjà vus lorsque je suis arrivé en Nouvelle-France.

A l'heure du souper, l'amiral Christian déclara :

- C'est l'heure du souper et nous allons avoir du bon pain grillé avec une bonne tisane.

Pendant le souper, le roi Perceval raconta un peu de son voyage à travers la Nouvelle-France à son frère :

- Tu vois mon cher amiral Christian, mon odyssée en Nouvelle-France ne s'est pas arrêtée à Mont-Royal. Je suis allé jusque chez le prince Nicolas des Iles d'Emeraude. Après la visite de Mont-Royal et de la princesse Mirabel, je me suis rendu chez le prince Gabriel d'Assiniboinie, qui m'a fait découvrir le parc préhistorique de Deloraine. Ensuite j'ai rendu visite à la princesse Alice d'Albertinie, dont le frère, sire Eugène-Daniel, m'a fait découvrir les bénédictins anachorétiques de l'abbaye de Notre-Dame-du-Lac-des-Pigeons et ceux de l'abbaye de Notre-Darne-de-Saint-Delacour. Après la principauté d'Albertinie, j'ai fait la rencontre du prince Nicolas des Iles d'Emeraude qui m'a fait découvrir l'abbaye cistercienne de Notre-Dame-du-Lac-des-Saumons où il faisait sa retraite annuelle de tertiaire cistercien. Après cette retraite, le prince Nicolas des Iles d'Emeraude m'a emmené dans le château de son enfance puis il m'a emmené dans son abbaye bénédictine de Notre-Dame-de-la-Vallée-des-Miracles où il a fait ses études fondamentales. Puis nous sommes allés dans son château de Fort-Saint-Jean-Baptiste pour fêter ses vingt-cinq ans. Nous nous sommes ensuite rendus chez les moines cartusiens de Notre-Dame-du-Nid-de-la-Grouse. Il m'a aussi fait découvrir un parc préhistorique sous-marin où nous avons vu des squelettes de léviathans qui sont les ancêtres préhistoriques des lamantins. Après avoir passé les fêtes de Noël et de fin d'année chez les parents du prince Nicolas des Iles d'Emeraude, nous nous sommes rendus chez le prince Jérôme d'Alascanie qui m'a montré des peintures rupestres dans une grotte magnifique. Nous sommes repartis vers la principauté d'Athabascanie, chez le prince Alexandre-Cosme qui nous a fait découvrir des canards et des cygnes géants préhistoriques dans le parc préhistorique de Fond-du-Lac. Tandis que le prince Nicolas retournait dans la principauté des Iles d'Emeraude, le prince Alexandre-Cosme d'Athabascanie m'a conduit chez le prince Gabriel d'Assiniboinie, car il devait lui rendre visite. Et je suis reparti pour la principauté du Val d'Or chez le prince Daniel-Cosme qui m'a conduit chez la princesse Mirabel avec laquelle il devait s'entretenir. Et c'est toi qui es venu à notre rencontre chez la princesse Mirabel de Nouvelle-France.

L'amiral Christian lui dit :

- Ton odyssée est vraiment passionnante, sire Perceval. Tu auras beaucoup à raconter, à ton retour au château de la Forêt Mystérieuse.

Puis l'amiral Christian dit à la princesse Mirabel :

- Dame Mirabel, combien de temps pensez-vous rester dans la partie ancienne du royaume du Saint-Graal ?

La princesse Mirabel répondit à l'amiral Christian :

- Je ne le sais pas encore, peut-être un mois. Tout

dépendra de ce que le roi Perceval aimera me montrer. Il y a beaucoup à découvrir en Europe !

L'amiral Christian dit à la princesse Mirabel :

- C'est vous qui déciderez lorsque vous voudrez quitter l'Europe. Lorsque vous aurez pris votre décision, vous m'écrirez et j'organiserai votre retour en Nouvelle-France.

Deux jours plus tard, la caravelle longea les côtes des iles de la Madeleine et passa au large de l'île de Saint-Pierre-et-Miquelon.

L'amiral Christian dit à la princesse Mirabel et au roi Perceval :

- Cette petite île s'appelle Saint-Pierre-et-Miquelon. Elle est peuplée de pêcheurs d'origine bretonne, et il y a beaucoup d'Israélites qui sont là depuis le début des croisades. Ils sont venus y trouver refuge et ont pu commencer une nouvelle vie. Cette île est une baronnie et leur baron s'appelle sire Pierre, du même nom que l'île.

La princesse Mirabel demanda à l'amiral Christian :

- Amiral Christian, connaissez-vous sire Pierre ?

L'amiral Christian lui répondit :

- Oui, un petit peu. Je l'ai vu une ou deux fois, peut-être trois, car il m'arrive de faire escale à Saint-Pierre-et-Miquelon, lors de mes voyages entre l'Europe et la Nouvelle-France. C'est un brave Breton qui est un peu bourru, mais qui est chaleureux et accueillant.

Trois jours encore passèrent. La princesse Mirabel et le roi Perceval ne se lassaient pas d'observer le monde sous-marin. La princesse Mirabel dit au roi Perceval en regardant une grosse baleine qui n'était pas très loin de la poupe du bateau :

- Regardez sire Perceval, c'est une immense baleine, mais pourquoi est-elle bleue, cette baleine ?

Le roi Perceval répondit à la princesse Mirabel :

- Elle paraît bleue, mais c'est à cause de l'eau. En réalité, cette grosse baleine est blanche, c'est la couleur de l'eau de mer qui la fait paraître bleue. Regardez là-bas, c'est une pieuvre qui s'avance en nageant. Et vous pouvez aussi voir des dauphins, regardez dame Mirabel, vous pouvez en voir un qui vient vers le hublot. On ne voit plus le fond, car l'océan Atlantique est très profond, mais quand nous approcherons des côtes de la France, vous pourrez à nouveau voir le fond de la mer.

Après encore trois jours, la caravelle approcha des côtes de l'Europe, la partie ancienne du royaume du Saint-Graal.

L'amiral Christian dit à la princesse Mirabel et au roi Perceval :

- Selon mes calculs, nous serons à Cherbourg demain dans l'après-midi. D'ici là, profitez encore de regarder à travers le hublot et regardez aussi se dessiner les côtes de la partie ancienne du royaume du Saint-Graal.

Et ils continuèrent à contempler la faune sous-marine.

Le roi Perceval dit à la princesse Mirabel :

- Regardez, dame Mirabel, c'est une murène, un très long poisson un peu comme une anguille.

Enfin, ils arrivèrent en Europe et l'amiral Christian dit à la princesse Mirabel et au roi Perceval :

- Dans une heure, nous accosterons. Préparez-vous à quitter le bateau.

La princesse Mirabel et le roi Perceval retournèrent alors dans leurs cabines pour préparer leurs bagages. Puis, pour les derniers instants, ils retournèrent vers le hublot voir les fonds marins. Et ils virent des homards rouge-orange, des crabes gris et des poulpes bruns.

CHAPITRE XIX
Le roi Perceval et la princesse Mirabel de Nouvelle-France arrivent au château de la Forêt Mystérieuse et le roi Perceval présente la princesse Mirabel à sa famille

L'amiral Christian avait décidé d'arriver à Saint-Malo plutôt qu'à Cherbourg. Il avait la possibilité d'accoster dans trois ports différents en revenant de Nouvelle-France : Saint-Malo, Cherbourg ou Le Havre. Son choix dépendait, en particulier, de la cargaison qu'il ramenait. Pour les très grosses cargaisons, il choisissait d'arriver au Havre, car il y avait une importante route qui allait à Paris. Et de Cherbourg il y avait une route qui allait vers les duchés du sud de la France.

Quand il décidait de changer de destination il y avait toujours un moyen de ramener l'amiral Christian à Saint-Malo où l'attendaient son carrosse et son cheval.

Et quand il partait pour l'Egypte ou l'Italie, il partait de Marseille, Toulon ou Nice, dans le sud de la France.

Avant d'arriver à Saint-Malo, le roi Perceval dit à la princesse Mirabel qui regardait à travers le hublot :

- Dame Mirabel, regardez, ce sont des hippocampes, des créatures sous-marines qui ressemblent à de minuscules chevaux. Et ces gros poissons, ce sont des mérous. Et au fond, vous pouvez voir de magnifiques étoiles de mer. Regardez bien cette faune sous-marine, dame Mirabel, car nous arrivons à Saint-Malo.

L'*Etoile de la Mer* entra dans le petit port de Saint-Malo où la foule acclamait le retour du roi Perceval :

- Le roi Perceval est de retour, vive le roi Perceval !

Après être descendu de la caravelle de son amiral, le roi Perceval dit à la foule :

- Je suis de retour, je suis avec vous, et la Nouvelle-France vous salue. Je vous présente la princesse Mirabel, vice-reine de Nouvelle-France. Elle vient découvrir la partie ancienne du royaume du Saint-Graal.

Puis le roi Perceval et la princesse Mirabel prirent un vrai bain de foule, une foule très heureuse de revoir son roi. Pendant ce temps, l'amiral Christian alla chercher son carrosse et son cheval qui s'appelait Cornelius.

Ils quittèrent Saint-Malo tous les trois en direction de Rennes, où se trouvait le château natal du roi Perceval.

Le roi Perceval dit à la princesse Mirabel :

- Dame Mirabel, vous allez découvrir le château de mon enfance !

En arrivant à Rennes, le carrosse prit la direction du château de sire Daniel et de dame Hélène de Bretagne.

L'amiral Christian souffla dans sa corne et la porte du château s'ouvrit.

Sire Romain apparut et dit :

- Quelle belle surprise ! Notre roi Perceval est de retour ! Et qui est cette charmante jeune fille ?

Le roi Perceval lui dit :

- Sire Romain, je te présente la princesse Mirabel de Nouvelle-France. Outre son statut de vice-reine de Nouvelle-France, elle est princesse régnante de la principauté du Lac-des-Deux-Montagnes. Elle est en visite chez nous. Et comment allez-vous, tous ?

Sire Romain répondit au roi Perceval :

- Nous allons bien, les parents sont dans ton énorme château de la Forêt-Mystérieuse. Ils ont reçu le prince Abdallah Housouyef d'Arabie qui t'invite pour son intronisation. Tu as également reçu une lettre de dame Marie-Luce, princesse de Sainte-Lucie. Quant au royaume du Saint-Graal, il se porte bien et nos parents seront très contents de te revoir et de faire votre connaissance, dame Mirabel. Le père Gérald est venu nous rendre visite à la Forêt Mystérieuse.

Au cours du souper, le roi Perceval raconta brièvement son odyssée en Nouvelle-France et dit :

- J'ai fait un magnifique voyage en Nouvelle-France, j'ai fait la connaissance de dame Mirabel à Mont Royal et plus précisément à la Cité-du-Lac-des-Deux-Montagnes où se trouve son château. Ensuite j'ai traversé toute la Nouvelle-France et je me suis arrêté chez le prince Gabriel d'Assiniboinie qui m'a fait découvrir la préhistoire, à travers la visite du parc préhistorique de Deloraine. Après quoi je me suis arrêté en Albertinie chez la princesse Alice dont le frère m'a fait découvrir les moines bénédictins anachorétiques et enfin je suis arrivé dans une abbaye cistercienne de Notre-Dame-du-Lac-des-Saumons, où le prince Nicolas des Iles d'Emeraude faisait sa retraite annuelle de tertiaire cistercien. Il m'a ensuite emmené chez ses parents, m'a fait traverser la mer pour aller dans son château à l'occasion de son anniversaire. Ensuite il m'a emmené à l'abbaye cartusienne où il a fait ses études de théologie et il m'a montré un parc préhistorique sous-marin consacré aux léviathans et autres animaux préhistoriques sous-marins. Le prince Nicolas des Iles d'Emeraude m'a ensuite invité à passer les fêtes de fin d'année dans le château de son enfance. Après les fêtes de fin d'année, le prince Nicolas des Iles d'Emeraude m'a emmené chez le prince Jérôme d'Alascanie avec qui nous avons découvert des peintures rupestres. Nous sommes ensuite allés chez le prince Alexandre-Cosme d'Athabascanie qui nous a fait découvrir de très grands oiseaux préhistoriques comme les canards et les cygnes préhistoriques. Après le départ du prince Nicolas, le prince Alexandre-Cosme m'a emmené avec lui dans la principauté d'Assiniboinie, chez le prince Gabriel. Et enfin j'ai rendu visite au prince Daniel-Cosme du Val d'Or qui m'a reconduit à la principauté du Lac-des-Deux-Montagnes où j'ai retrouvé la princesse Mirabel, et l'amiral Christian qui nous a ramenés ici, dans la partie ancienne du royaume du Saint-Graal.

Sire Romain déclara :

- C'est une épopée extraordinaire, sire Perceval. Tu auras beaucoup de choses à raconter aux parents qui sont encore dans ton château de la Forêt Mystérieuse.

Puis vint le révérend Gabriel qui se joignit à la table pour le souper et dit à tout le monde :

- Bonsoir tout le monde. Quelle surprise ! Sire Perceval, notre roi et notre frère, est de retour !

Le roi Perceval dit à son frère, le révérend sire Gabriel

- Cela me fait un grand plaisir de te revoir, révérend Gabriel. Quand deviendras-tu évêque ?

Le révérend Gabriel répondit au roi Perceval :

- Je ne sais pas encore, peut-être lorsque Monseigneur Irénée sera nommé cardinal à Rome. J'ai des nouvelles de notre frère, le père Gérald, qui me dit qu'il va très bien. Il va peut-être devenir prieur, ou père abbé, et il se souvient très bien des retraites que tu avais faites quand tu étais parti en Israël. Après le repas, il y aura une messe dans l'église du château.

Le repas prit fin dans une très bonne ambiance, et tout le monde se rendit dans l'église du château. Après la messe, les sires Perceval, Romain, Gabriel et Christian, ainsi que la princesse Mirabel allèrent dormir. Le roi Perceval fut très heureux de retrouver sa chambre. Dehors il faisait particulièrement doux, et pour la première fois depuis très longtemps, le roi Perceval put contempler un paysage sans neige.

Au matin, ils se retrouvèrent dans la salle à manger du château et prirent un délicieux petit déjeuner à la bretonne, avec des céréales, du bon pain, du beurre, du miel et un grand bol de café.

Après le petit déjeuner, la princesse Mirabel et les sires Perceval et Christian se préparèrent à reprendre la route en direction de la Forêt Mystérieuse.

Le roi Perceval dit à son frère, sire Romain :

- Merci de nous avoir si bien accueillis. J'ai été très heureux de te retrouver, sire Romain.

Au cours du voyage, la princesse Mirabel dit au roi Perceval :

- Cette nuit, j'ai pensé à mon mariage. J'aimerais vous épouser, sire Perceval, et devenir la reine du royaume du Saint-Graal. Il me semble qu'une Néo-Française pourrait devenir reine du royaume du Saint-Graal.

Très ému, le roi Perceval dit à la princesse Mirabel :

- Je suis ému d'entendre votre requête, dame Mirabel ! Bien sûr, je suis prêt à vous épouser, mais il vous faudra écrire à votre famille et céder votre titre de vice-reine de Nouvelle-France à quelqu'un de votre famille.

Après une halte à Chartres pour · le repas de midi, dans une petite auberge où ils mangèrent des pommes de terre en soupe avec du poulet et une compote de pommes hachées comme dessert, le voyage se poursuivit.

Arrivés à Paris, ils furent reçus à l'évêché par Monseigneur Hervé.

Monseigneur Hervé leur dit :

- Bonsoir sire Perceval et sire Christian. Comment allez-vous, et qui est cette charmante jeune dame ?

Le roi Perceval répondit à Monseigneur Hervé :

- Monseigneur Hervé, je vous présente la princesse Mirabel. Elle vient de Nouvelle-France pour découvrir le royaume du Saint-Graal et mon château de la Forêt Mystérieuse.

L'amiral Christian dit à Monseigneur Hervé :

- Demain, nous ferons un très long voyage jusqu'au château de la Forêt Mystérieuse.

Au cours du repas, Monseigneur Hervé dit :

- C'est une chose très heureuse que notre roi Perceval nous présente une jeune princesse néo-française et qu'il lui fasse découvrir la partie ancienne du royaume du Saint-Graal.

Le roi Perceval déclara :

- C'est aussi une chose très heureuse pour un roi de revenir sur sa terre natale après un si long voyage jusqu'aux extrémités du royaume du Saint-Graal, et de revoir, pour la première fois depuis bien longtemps, des champs qui commencent à refleurir. Durant toute une partie de mon voyage en Nouvelle-France, je n'ai vu que de la neige, et les hivers néo-français sont rudes, froids et très longs.

L'évêque de Paris logea la princesse Mirabel, l'amiral Christian et le roi Perceval à l'évêché.

Le lendemain, après le petit déjeuner, ils repartirent et s'arrêtèrent à Troyes pour le repas de midi.

Le roi Perceval, la princesse Mirabel et l'amiral Christian arrivèrent enfin au château de La Forêt Mystérieuse. Le roi Perceval souffla dans sa corne et la porte s'ouvrit après que la lourde grille se soit soulevée.

Le duc de Bretagne, sire Daniel, apparut et dit au roi Perceval, son fils :

- Bonsoir, mon fils. Notre roi du Saint-Graal est enfin de retour ! Cela faisait très longtemps que j'attendais ton retour. Comme je suis heureux de te revoir ici, dans ton grand château ! Comment s'appelle cette charmante jeune dame ?

Le roi Perceval répondit à son père, sire Daniel :

- Elle s'appelle dame Mirabel de Nouvelle-France. Elle est la princesse régnante de la principauté du Lac-des-Deux-Montagnes et elle est aussi vice-reine de Nouvelle-France. Elle a souhaité découvrir la partie ancienne du royaume du Saint-Graal.

Sire Daniel dit alors à la princesse Mirabel :

- C'est pour moi un grand honneur de faire votre connaissance, dame Mirabel. Entrez, nous allons parler dans le salon de réception du château du roi Perceval, en attendant le repas qui sera servi bientôt et qui sera suivi de la messe, célébrée par un autre de nos fils, le père Gérald qui a obtenu un congé de quelques jours.

Le père Gérald avait obtenu plusieurs fois un congé pour célébrer les messes au château de la Forêt Mystérieuse. Il était extrêmement rare que les pères abbés accordent des congés à leurs frères moines ou moines prêtres. Au douzième siècle, l'interprétation de la règle s'était pourtant assouplie par rapport au haut Moyen-âge, mais les congés accordés aux moines ou aux moines prêtres restaient très rares. Le père Gérald, frère du roi du Saint-Graal, pouvait cependant obtenir des congés pour aller voir son frère, et le révérend père David, qui était à la tête de l'abbaye de Cîteaux, connaissait bien le roi Perceval.

CHAPITRE XX
La princesse Mirabel de Nouvelle-France et le roi Perceval préparent leur mariage.
Le roi Perceval écrit au pape Joachim pour organiser la messe du mariage

Deux mois après son retour de Nouvelle-France, le roi Perceval prit sa plume et écrivit au pape Joachim :

« Cher pape Joachim,
Je vous écris cette lettre pour vous annoncer que je vais épouser dame Mirabel de Nouvelle-France. J'ai décidé d'organiser une grande messe pour l'Ascension de cet an de grâce onze cent quatre-vingt-treize, et je souhaiterais vivement que vous soyez le célébrant de cette messe de mariage royal. Je me réjouis beaucoup de vous revoir.
Que Dieu vous bénisse, et à bientôt.
Sire Perceval, roi du Saint-Graal »

Le pape Joachim qui était rentré de Nouvelle-France lut la lettre et répondit au roi Perceval :

« Cher roi Perceval,
Je viens de recevoir votre lettre concernant votre mariage royal. Ce sera pour moi un grand honneur de venir célébrer la messe de votre mariage le jour de l'Ascension de l'an de grâce onze cent quatre-vingt-treize. Je me réjouis beaucoup de vous revoir et de célébrer votre mariage.
Que Dieu vous bénisse et bénisse votre union avec la princesse Mirabel de Nouvelle-France.
Sa sainteté le pape Joachim »

De son côté, la princesse Mirabel de Nouvelle-France écrivit à sa famille pour l'inviter à son mariage avec le roi Perceval :

« Chers parents et chère famille,
Je vous écris pour vous annoncer que j'épouserai le roi Perceval pour l'Ascension de cet an de grâce onze cent quatre-vingt-treize. Vous êtes tous invités à venir en France, au château de la Forêt Mystérieuse.
Que Dieu vous bénisse et à bientôt.
Dame Mirabel, princesse du Lac-des-Deux-Montagne et vice-reine de Nouvelle-France »

Après avoir lu la lettre de leur fille, les parents de la princesse Mirabel prirent la plume et lui répondirent :

« Chère dame Mirabel,
Quelle joie de t'écrire pour te dire que nous viendrons en France pour ton mariage ! Pour nous, il nous sera facile de retrouver l'énorme château de ton futur époux, le roi Perceval. Nous confierons la régence de la principauté du Lac-des-Deux-Montagnes à notre ami, le prince Daniel-Cosme du Val d'Or. Quant à ta succession à la vice-royauté de Nouvelle-France, nous nommerons très certainement ta sœur ainée, la princesse Jeane-Alice, qui serait d'accord de reprendre la vice-royauté de Nouvelle-France.
A bientôt, et que Dieu vous bénisse tous les deux.
Tes parents, sire Julien et dame Jeane »

L'Ascension approchait. Le roi Perceval et la princesse Mirabel s'activèrent pour organiser la messe de leur mariage.

Le roi Perceval était très heureux de voir le printemps avancer très rapidement. Il dit à la princesse Mirabel :

- Vous voyez, c'est un tout autre paysage, dame Mirabel, que les paysages enneigés que j'ai vus en Nouvelle-France.

Et la princesse Mirabel dit au roi Perceval :

- Qu'ils sont beaux, ces champs que l'on voit à l'horizon, et cette belle forêt que l'on appelle Forêt Mystérieuse !

Le roi Perceval lui expliqua :

- Oui, et cette forêt est proche d'une abbaye cistercienne qui a été fondée par le grand maître spirituel Bernard de Clairvaux. C'est depuis une petite chapelle attenante que j'ai découvert cet énorme château, au bout d'un long tunnel qui m'a conduit jusqu'à la salle octogonale dans laquelle se trouvait le Vase sacré du Saint-Graal.

La princesse Mirabel dit au roi Perceval :

- Mais comment avez-vous pu aller de cette petite chapelle jusqu'à cette immense salle dans laquelle vous avez découvert le Vase sacré du Saint-Graal ?

Le roi Perceval lui répondit :

- Par un tunnel long environ de deux kilomètres. J'ai pu me diriger dans ce tunnel avec l'aide d'une citrine photoluminescente. Sa belle lumière jaune orangée éclairait presque jusqu'au fond du tunnel. Lorsque je suis arrivé dans la grande salle située au sous-sol, j'ai vu quelque-chose qui ressemblait à une immense coupe, posée sur un piédestal, et j'ai tout de suite compris que cette grande coupe en or était le Saint-Graal. Je suis alors retourné dans la petite chapelle et, après avoir rendu grâce, je suis parti vers le duché de Bretagne annoncer ma découverte à mes parents et au Roi Arthur. Désormais, dame Mirabel, il vous faudra porter le titre de reine du Saint-Graal. Je procèderai à votre couronnement avant notre mariage.

Et le roi Perceval organisa, quelques jours plus tard, une cérémonie d'intronisation, devant les comtes, ducs et autres sires de la région.

Lors de cette cérémonie, le roi Perceval dit devant toute l'assistance :

- Dame Mirabel de Nouvelle-France, au nom du royaume du Saint-Graal et au nom de Notre Seigneur Dieu, je vous fais reine du Saint-Graal.

Puis la princesse Mirabel, désormais reine du Saint-Graal, dit devant tout le monde :

- C'est un grand honneur, pour moi, dame Mirabel, de porter le titre de reine du Saint-Graal. Je promets de servir le royaume du Saint-Graal, de protéger les pauvres, les faibles, les enfants et les gens âgés. Je promets également de servir le royaume du Saint-Graal en tant que reine régente pendant les absences de mon futur époux, sire Perceval, roi du Saint-Graal, lorsqu'il partira en voyage ou lorsqu'il sera empêché. Je remercie tout le peuple des Graaliens de m'avoir accueillie et acceptée comme reine du Saint-Graal.

CHAPITRE XXI
Le roi Perceval et la princesse Mirabel se marient. Le roi Perceval prononce son discours du trône et une conférence sur son odyssée en Nouvelle-France

Après deux mois d'intense activité, le roi Perceval et la princesse Mirabel se préparèrent à se marier.

Alors commencèrent à arriver les différents ducs de France, comme sire Simon de Lyon, les princes d'Italie comme le prince Angelo du Val d'Aoste, le prince Etienne de Forêt Noire, le prince Armand-Daniel de Mayence, ou encore le prince Daniel-Frédéric de Vienne. Le roi Perceval demanda qu'on les loge tous dans le château.

Enfin, arriva le pape Joachim.

Le jour de l'Ascension de l'an de grâce onze cent quatre-vingt-treize, le pape Joachim célébra la messe du mariage royal.

Il dit à l'assemblée :

- Bonjour, sires, dames, sire Perceval et dame Mirabel. Aujourd'hui, notre grand royaume du Saint-Graal a le grand bonheur de célébrer le mariage de sire Perceval et de dame Mirabel de Nouvelle-France, une princesse qui vient de la partie nouvelle du royaume du Saint-Graal et qui a décidé d'épouser notre roi, sire Perceval. C'est avec joie que nous l'accueillons ici comme reine du Saint-Graal.

Puis le pape Joachim continua la célébration et demanda au révérend Gabriel de lire un passage sur l'Ascension de Jésus-Christ. Puis il prononça une petite prière et lut le psaume quarante-cinq sur les noces du roi.

Puis ce fut le père Gérald, l'autre frère du roi Perceval, qui lut l'évangile de saint Marc sur l'humilité, secret de la vraie grandeur, et qui prononça ensuite une homélie sur l'humilité.

- L'humilité est la plus grande vertu de la foi chrétienne et israélite. Et avec le pardon, le courage, la volonté, l'altruisme, l'humilité nous protège de l'idolâtrie des signes extérieurs de richesse et aussi de l'orgueil.

Le pape Joachim reprit la parole :

- Levons-nous pour célébrer le mariage royal.

Il dit :

- Sire Perceval, fils du duc de Bretagne, sire Daniel, et de dame Hélène, duchesse de Bretagne, voulez-vous prendre pour épouse dame Mirabel, vice-reine de Nouvelle-France ?

Le roi Perceval répondit :

- Oui, je veux prendre pour épouse dame Mirabel de Nouvelle-France.

Puis le pape Joachim dit à la princesse Mirabel de Nouvelle-France :

- Dame Mirabel de Nouvelle-France, voulez-vous prendre le roi Perceval pour époux ?

La princesse Mirabel de Nouvelle-France répondit :

- Oui, je veux prendre le roi Perceval pour époux.

Après l'échange des alliances, la messe se poursuivit avec l'eucharistie et la récitation de la prière de Jésus-Christ. Puis le roi Perceval et la reine Mirabel convièrent tout le monde pour un banquet qui dura presque toute la journée.

Le lendemain, le roi Perceval et la reine Mirabel présentèrent le discours du trône, le second du règne du roi Perceval. La reine Mirabel prit la parole et dit à la foule assemblée dans une grande salle du château :

- Aujourd'hui, j'ai le grand honneur d'introduire le second discours du trône que mon époux, le roi

Perceval, a préparé.

Le roi Perceval prit alors la parole et dit à la foule :

- Lors de mon grand voyage en Nouvelle-France, j'ai découvert l'existence de parcs préhistoriques qui nous révèlent une très grande connaissance de notre passé naturel et lointain. C'est pourquoi je souhaite que l'on fasse des fouilles à travers toute l'Europe, la France et toute la partie ancienne du royaume du Saint-Graal. Lorsque l'on aura mis au jour un site préhistorique, je veux qu'on l'ouvre immédiatement au public pour qu'il puisse découvrir la préhistoire. De plus, je demande la création de filières d'études de la préhistoire dans toutes les universités du royaume du Saint-Graal. Je demande que l'on initie les jeunes élèves à la préhistoire tout en adaptant le contenu des cours de préhistoire à leur âge. Lors de mon voyage en Nouvelle-France j'ai découvert en profondeur l'astronomie chez le prince Alexandre-Cosme d'Athabascanie qui m'a fait voir les anneaux de Saturne et la grande tâche rouge de Jupiter. Je veux que l'on développe davantage l'enseignement de l'astronomie dans les universités, et que l'on crée des cours d'initiation à l'astronomie pour les jeunes élèves des écoles fondamentales. Je demande aussi la construction de gymnases dans les universités afin de promouvoir les exercices physiques pour les étudiants, écuyers, séminaristes, jeunes clercs et apprentis. Je veux aussi que l'on crée des gymnases pour les élèves des écoles fondamentales. Je veux, d'autre part, que soient développés dans tout le royaume les services de diligences afin d'améliorer les communications au sein du royaume du Saint-Graal. Quant aux lignes transatlantiques par bateau, je souhaite leur renforcement, afin que les deux parties du royaume du

Saint-Graal soient davantage reliées entre elles. En ce qui concerne le royaume d'Israël, j'envisage son adhésion au royaume du Saint-Graal, car il est de notre devoir d'intégrer le royaume d'Israël, la patrie natale de notre Seigneur Jésus-Christ, au sein du royaume du Saint-Graal. Je me rendrai donc en Israël voir le gouverneur Jacob lorsque j'irai au couronnement du prince héritier Abdallah Housouyef d'Arabie durant le prochain an de grâce onze cent quatre-vingt-quatorze.

Maintenant, je vais vous résumer mon odyssée en Nouvelle-France. Un jour, j'ai reçu une invitation d'un jeune prince néo-français régnant sur la principauté des Iles d'Emeraude. Ce prince s'appelait sire Nicolas. Il m'invitait à venir, à l'occasion de son vingt-cinquième anniversaire, découvrir la Nouvelle-France. J'ai, bien sûr, répondu à son invitation et demandé à mon frère l'amiral Christian, qui allait justement en Nouvelle-France au mois de mai de l'an de grâce dernier, de me prendre sur sa caravelle. J'ai traversé l'océan Atlantique et je suis arrivé en Nouvelle-France où j'ai été accueilli par dame Mirabel, alors vice-reine de Nouvelle-France. J'ai ensuite pris la diligence qui allait de Mont-Royal à Granville et je me suis arrêté dans la principauté d'Assiniboinie chez le prince Gabriel qui m'a fait découvrir le parc préhistorique de Deloraine. Puis j'ai continué mon odyssée jusqu'en Albertinie, chez la princesse Alice dont le frère, sire Eugène-Daniel, m'a fait connaître les moines bénédictins anachorétiques. Ce sont des moines de Saint-Benoît qui ont adopté la vie érémitique, comme les moines cartusiens. Puis j'ai repris la diligence jusqu'à la Cité-du-Lac-des-Saumons. A l'abbaye cistercienne du Lac-des-Saumons, j'ai rencontré le prince Nicolas des Iles d'Emeraude qui faisait sa retraite annuelle de tertiaire. Ayant terminé sa retraite, il m'a emmené dans son château natal à Saint-Nicolas-des-Montagnes-Rocheuses. Il m'a aussi montré l'abbaye bénédictine dans laquelle il avait fait ses études fondamentales. Puis nous avons rendu visite à la duchesse de Granville, dame Lynne, avant de nous rendre dans son château de Fort-Saint-Jean-Baptiste, pour son vingt-cinquième anniversaire. Nous avons fait une retraite chez les moines cartusiens de l'abbaye de Notre-Dame-du-Nid-de-la-Grouse. Puis l'automne est arrivé et nous sommes allés visiter le parc préhistorique de l'île du Grand-Léviathan. Le prince Nicolas m'a expliqué que les léviathans sont les ancêtres préhistoriques des lamantins, mammifères marins comme les dauphins et les otaries ou les baleines. Et puis l'hiver est venu et nous nous sommes rendus au château de Saint-Nicolas-des-Montagnes-Rocheuses, château natal du prince Nicolas. Nous y avons passé les fêtes de Noël et de fin d'année avec la famille du prince Nicolas des Iles d'Emeraude et nous avons eu beaucoup de plaisir à voir ces immenses forêts recouvertes de neige à perte de vue. Après les fêtes de fin d'année, le prince Nicolas des Iles d'Emeraude et moi-même nous sommes rendus dans la principauté d'Alascanie chez le prince Jérôme qui m'a fait découvrir des peintures rupestres dans une grotte près de la ville de Saint-George. Après quoi nous nous sommes rendus chez le prince Alexandre-Cosme d'Athabascanie qui nous a montré nébuleuses, planètes, cratères de la Lune et étoiles diverses avec son grand télescope. Le prince Nicolas des Iles d'Emeraude, dans l'obligation de rentrer à Fort-Saint-Jean-Baptiste, nous a quittés, et le prince Alexandre-Cosme m'a, à son tour, fait découvrir de grands canards et de grands cygnes préhistoriques dans le parc préhistorique de la Cité-du-Fond-du-Lac. Et comme le prince Alexandre-Cosme devait se rendre chez le prince Gabriel d'Assiniboinie, il a accepté de me prendre dans son carrosse. Le prince Gabriel d'Assiniboinie m'a fait visiter l'université de Saint-Boniface. Puis j'ai pris la diligence jusqu'à la Cité-du-Val-d'Or où le prince Daniel-Cosme m'a fait les honneurs de l'université du Val d'Or et d'un séminaire de formation de prêtres israélites, avant de me conduire jusqu'à la Cité-du-Lac-des-Deux-Montagnes, chez dame Mirabel de Nouvelle-France. Dame Mirabel ayant exprimé le souhait de découvrir la partie ancienne du royaume du Saint-Graal, je l'ai ramenée avec moi et elle est maintenant reine du Saint-Graal après m'avoir épousé.

Puis le roi Perceval et la reine Mirabel convièrent tout le monde pour un nouveau banquet qui se prolongea très tard dans la nuit.

Le roi Perceval et la reine Mirabel allèrent à la rencontre des parents du roi Perceval, et sire Daniel lui dit :

- Quelle belle messe, hier ! Et aujourd'hui, quelle belle conférence sur la Nouvelle-France ! J'ai trouvé particulièrement intéressant ton discours du trône sur la recherche préhistorique, sur les études d'astronomie et surtout sur l'intégration du royaume d'Israël dans le royaume du Saint-Graal. Il est juste et naturel que la patrie natale de notre-Seigneur Jésus-Christ fasse partie du royaume du Saint-Graal.

Puis les parents de la reine Mirabel se joignirent à eux et le prince émérite de Nouvelle-France, sire Julien, dit au roi Perceval :

- Sire Perceval, j'ai vraiment aimé la messe de votre mariage, et aussi votre discours du trône. J'ai particulièrement apprécié votre volonté de faire entrer le royaume d'Israël dans le royaume du Saint-Graal. Vous ne nous avez pas vus, dame Jeane et moi, hier durant la cérémonie, car il y avait énormément de monde. Maintenant nous sommes là, et nous pouvons vraiment voir comment notre beau-fils vit dans son immense château dans lequel il a découvert le Vase sacré du Saint-Graal. Nous avons fait un excellent voyage sur l'océan Atlantique, avec la caravelle de votre amiral, sire Christian, votre frère. Et nous avons pu voir de beaux poissons marins à travers le hublot qu'il a fait installer dans la coque de son bateau.

Dame Jeane, la mère de la reine Mirabel, déclara à son tour :

- Je suis très heureuse d'avoir assisté à la cérémonie qui a fait de notre propre fille, dame Mirabel, l'épouse de sire Perceval, notre roi, et je suis heureuse que le roi de notre très grand royaume du Saint-Graal, ait épousé une princesse néo-française. Ce mariage est un événement historique, à la fois pour la Nouvelle-France et pour la partie ancienne du royaume du Saint-Graal. Je vous félicite, sire Perceval, d'avoir organisé cette belle messe royale avec le pape Joachim, et je vous félicite aussi pour votre volonté d'intégrer le royaume d'Israël dans le royaume du Saint-Graal.

CHAPITRE XXII
Le roi Perceval et la reine Mirabel partent en voyage de noces à Sorrente en Italie

Deux mois après leur mariage, la reine Mirabel et le roi Perceval prirent la décision de partir en voyage de noces à Sorrente en Italie.

Le roi Perceval dit à la reine Mirabel :

– Dans deux semaines, je vous emmènerai à Sorrente, en Italie. C'est une magnifique petite ville pleine de charme, et je connais le prince Rodrigue qui est à la tête de la principauté de Sorrente. Il a un splendide château au bord de la mer. Je vais lui écrire.

Et le roi Perceval prit la plume pour écrire au prince Rodrigue :

« Cher prince Rodrigue de Sorrente,

Je vous écris pour vous dire que je vais venir vous rendre visite et passer quelques jours dans la principauté de Sorrente. Je viendrai avec mon épouse, dame Mirabel, qui vient de Nouvelle-France, plus précisément de la principauté du Lac-des-Deux-Montagnes.

A bientôt et que Dieu vous bénisse.

Sire Perceval, roi du Saint-Graal »

Le prince Rodrigue répondit au roi Perceval :

« Cher roi Perceval et chère reine Mirabel

Je viens de recevoir votre lettre. C'est avec un grand plaisir que je vous accueillerai dans mon château.

A la même période, je recevrai la visite de la princesse de l'île de Sainte-Lucie, dame Marie-Luce, qui vient nous parler de l'ordre des chevaliers de Sainte-Lucie. Elle cherche absolument à revivifier cet ordre de chevalerie chrétienne, qui est un ordre qui se voue à l'hospitalité et à l'accueil des pèlerins.

Je vous attends avec grande joie et que Dieu vous bénisse et vous protège sur le chemin qui mène à la principauté de Sorrente.

Prince Rodrigue de Sorrente »

Le jour du départ pour Sorrente arriva. Le roi Perceval et la reine Mirabel prirent le carrosse et Roland, le cheval du roi Perceval, et ils firent un grand voyage jusqu'à Marseille où ils passèrent la nuit, dans une petite auberge.

Le roi Perceval confia Roland et son carrosse à l'écurie de la ville de Marseille. Par chance ils trouvèrent l'amiral Christian qui devait se rendre en Sicile, sur l'île de Sainte-Lucie, sur l'île de Lampedusa au sud de la Sicile, et à Malte.

Le roi Perceval dit à son frère, l'amiral Christian :

- Quelle chance de te retrouver à Marseille ! Quelle est ta destination, sire Christian ?

L'amiral Christian répondit au roi Perceval :

- Ma destination finale est l'Ile de Malte. Et vous, quelle est votre destination ?

Le roi Perceval répondit à l'amiral Christian :

- La reine Mirabel et moi, nous allons à Sorrente chez le prince Rodrigue, pour notre voyage de noces.

L'amiral Christian déclara alors :

- Ce n'est pas tout à fait sur mon chemin, mais je peux vous y amener, en passant entre le sud de l'ile de beauté, la Corse, et le nord de la Sardaigne, au large de l'archipel des îles de la Madeleine. Nous partons dans une heure.

Une heure plus tard, après un délicieux repas de poisson accompagné de riz, suivi d'une salade de fruits, la reine Mirabel, le roi Perceval et l'amiral Christian embarquèrent sur la l'*Etoile de la Mer*.

Après avoir largué les amarres, l'amiral Christian les appela :

- Venez voir, à travers le hublot, cette faune sous-marine d'une grande beauté ainsi que cette barrière de corail d'une splendide couleur dans ces eaux bleu-turquoise.

La petite barrière de corail devait être située à trente ou quarante mètres de profondeur, et par endroit à dix ou quinze mètres de profondeur, ce qui offrait un spectacle grandiose pour les navigateurs. Heureusement, les bateaux ne risquaient pas de toucher les récifs coralliens, suffisamment profonds pour ne pas être accrochés par la coque des bateaux.

Le roi Perceval dit à la reine Mirabel :

- Regardez ce poisson jaune, c'est une gorette jaune. Et au fond de l'eau c'est une raie. Vous pouvez voir ce corail vert turquoise, c'est le corail de Méditerranée. Et ces poissons jaunes avec des nageoires d'un bleu très foncé, ce sont des anges royaux.

L'amiral Christian leur dit :

- La barrière de corail autour de la Corse sera encore plus belle et plus grandiose.

Quelques heures plus tard, la caravelle l'*Etoile de la Mer* longeait la côte ouest de la Corse. Depuis la salle du hublot, la reine Mirabel et le roi Perceval admirèrent la grande barrière de corail qui encerclait la Corse. Elle était encore très bien éclairée par le soleil. Ils purent aussi voir des éponges de mer de couleur ocre ou rouge orange, d'énormes homards rouges et de gros bernard-l'ermite qui se promenaient autour d'étoiles de mer. Des tortues marines nageaient tout près du hublot.

La reine Mirabel dit au roi Perceval :

- Sire Perceval, regardez, c'est une magnifique tortue marine qui vient vers nous.

Deux heures plus tard, l'amiral Christian dit au couple royal :

- Venez, vous allez avoir un bon repas.

Le repas fut très bon, avec du poisson, des légumes et un dessert aux fruits.

Le roi Perceval dit à la reine Mirabel :

- Sorrente se trouve près de la ville de Salerne, dans la principauté de Sorrente. Nous irons dans le second château du prince Rodrigue, car sa demeure principale se trouve à Salerne. Le prince Rodrigue possède deux châteaux, un peu comme chez vous avec le manoir de Sainte-Monique.

La reine Mirabel répondit au roi Perceval :

- Vous avez raison, sire Perceval, le prince Rodrigue a son second château à Sorrente, comme mes parents ont leur second château à Sainte-Monique.

L'amiral Christian les informa :

- Demain, vous serez à Sorrente. Passez une bonne nuit et faites de beaux rêves.

Le roi Perceval et la reine Mirabel passèrent une excellente nuit à bord de la caravelle l'*Etoile de la Mer*.

Au petit matin, l'amiral Christian dit au couple royal :

- C'est l'heure du petit déjeuner. Nous serons à Sorrente dans une heure.

Ils prirent un bon petit déjeuner avec du pain, du beurre et du miel, accompagnés d'une tasse de café. Et la caravelle accosta à Sorrente où le prince Rodrigue attendait la reine Mirabel et le roi Perceval.

Le roi Perceval remercia chaleureusement son frère, l'amiral Christian :

- Je te remercie de nous avoir conduits de Marseille à Sorrente. Bonne continuation de voyage. A bientôt.

Le couple royal fut accueilli par le prince Rodrigue et la princesse Emilie qui les conduisirent à leur château.

Le prince Rodrigue leur dit :

- Soyez les bienvenus, sire Perceval et dame Mirabel.

En fin de journée, après un repas composé de riz et de poulet avec une salade de fruit, le roi Perceval et la reine Mirabel regagnèrent la suite royale où trônait un grand lit à baldaquin. Il y avait une belle table en ébène et les fenêtres donnaient sur la mer, sur l'ile de Capri et sur la ville de Naples.

Le roi Perceval dit à son épouse, la reine Mirabel :

- Regardez ce beau coucher de soleil et cette petite ile magnifique qui s'appelle Capri.

La reine Mirabel contempla les lumières de Naples qui scintillaient. Elle dit au roi Perceval :

- Quel spectacle magnifique, toutes ces lumières de Naples émises par des pierres photoluminescentes !

Puis la nuit passa et le couple royal se leva et se rendit dans la grande salle à manger.

Le prince Rodrigue dit à la reine Mirabel et au roi Perceval :

- Bonjour, dame Mirabel et sire Perceval, avez-vous bien dormi ?

La reine Mirabel répondit au prince Rodrigue :

- Oui, nous avons très bien dormi.

Le prince Rodrigue leur annonça :

- Aujourd'hui, nous irons visiter la ville antique de Pompéi et Naples. Et demain nous aurons la visite de dame Marie-Luce de Sainte-Lucie.

Une fois sur le site de la ville antique de Pompéi, le prince Rodrigue expliqua au couple royal :

- Voici la ville antique de Pompéi. Ici s'est développée toute une civilisation, mille trois cents ans avant l'ère chrétienne. Ces colonnes sont des vestiges de temples grecs. Elles sont restées intactes, et on peut même voir encore un morceau du fronton qu'elles supportaient.

Le roi Perceval dit à sire Rodrigue :
- C'est vraiment très intéressant de voir comment vivaient les civilisations préchrétiennes.

Le prince Rodrigue leur dit :
- Maintenant, je vais vous emmener à Naples et vous montrer la ville, son parc zoologique et son parc botanique.

Ils prirent leur repas de midi dans une auberge près du port de Naples, Puis le prince Rodrigue emmena la reine Mirabel et le roi Perceval au parc zoologique.

Le prince Rodrigue leur expliqua :
- Voici des tigres blancs des Indes. Ces tigres blancs sont très populaires aux Indes, en Arabie, et dans le sud de l'Europe. Ici, vous pouvez voir des flamands roses, là-bas, des antilopes, et aussi des éléphants et des girafes.

Ils virent aussi des rhinocéros, des chevaux sauvages, des tortues terrestres, des chimpanzés et des gorilles.

Ils se rendirent ensuite au parc botanique qui était à côté du parc zoologique.

Le prince Rodrigue leur dit :
- Ici, vous pouvez voir des hortensias, des flamboyants et ces arbres sont des cèdres que l'on voit aussi au Liban et en Israël.

Il y avait aussi des tulipes, des citronniers, de la lavande et du jasmin.

Le prince Rodrigue, la reine Mirabel et le roi Perceval rentrèrent au château. Ils soupèrent de poulet, d'une soupe au légume et d'une tranche de gâteau aux myrtilles, au cassis, aux fraises et aux framboises.

Le lendemain, la reine Mirabel et le roi Perceval descendirent dans la salle à manger où le prince Rodrigue les attendait :

- Bonjour dame Mirabel et sire Perceval, avez-vous bien dormi ?

La reine Mirabel répondit :

- Oui, j'ai magnifiquement bien dormi.

Et le roi Perceval ajouta :

- Moi aussi, j'ai bien dormi, et nous avons vu un magnifique coucher de soleil. Nous avons aussi admiré les lumières de Naples dans toute leur splendeur.

Après le petit déjeuner, la princesse Marie-Luce de l'île de Sainte-Lucie arriva. Elle avait vingt-cinq ans.

Le prince Rodrigue lui dit :

- Bonjour, dame Marie-Luce, entrez et venez avec moi dans le salon de réception, où il y a un hôte important, accompagné de son épouse.

En entrant dans le grand salon, il dit à la reine Mirabel et au roi Perceval :

- Dame Mirabel et sire Perceval, je vous présente dame Marie-Luce, princesse de l'île de Sainte-Lucie, qui est une île située au nord de la Sicile, entre l'île Vulcain et l'île Saline.

Le roi Perceval dit à la princesse Marie-Luce :

- Comme vous l'a dit le prince Rodrigue, je suis le roi Perceval du royaume du Saint-Graal. Et voilà dame Mirabel, mon épouse, qui vient de la principauté du Lac-des-Deux-Montagnes, en Nouvelle-France, et qui est désormais reine du Saint-Graal.

Les présentations étant faites, le prince Rodrigue expliqua :

- Dame Marie-Luce est venue me voir pour faire

renaître l'ordre des chevaliers hospitaliers de Sainte-Lucie qui est en train de disparaître. Dame Marie-Luce, je vous laisse la parole.

Et la princesse Marie-Luce expliqua au roi Perceval, à la reine Mirabel et au prince Rodrigue :

- J'ai fait mes études fondamentales chez les sœurs bénédictines de Notre Dame-des-Iles puis, à seize ans, j'ai étudié les humanités à l'université pontificale de Rome. A vingt-et-un ans, j'ai été couronnée princesse régnante car mon père, le prince Olivier, a abdiqué en ma faveur à l'âge de soixante-cinq ans. Il a maintenant près de soixante-dix ans et ma mère, la princesse Céline qui a le même âge, m'a soutenue durant les deux premières années de mon règne. En tant que princesse régnante de l'île de Sainte-Lucie, je suis commandeur de l'ordre des chevaliers de Sainte-Lucie. Mais il y a de moins en moins de chevaliers hospitaliers de l'ordre de Sainte-Lucie, et je crains que l'ordre disparaisse.

Le roi Perceval prit alors la parole :

- Princesse Marie-Luce, vous dites que l'ordre des chevaliers hospitaliers de Sainte-Lucie risque bien de disparaître dans un avenir proche. Ne vous inquiétez pas. Je vais vous aider à le relancer. J'ai le projet de vous rendre visite à Sainte-Lucie, et lors de cette visite, nous nous attacherons à réhabiliter cet ordre de chevalerie chrétienne.

La princesse Marie-Luce continua sa présentation de l'ordre des chevaliers de Sainte-Lucie :

- L'ordre des chevaliers de Sainte-Lucie a été fondé au sixième siècle, en même temps que l'ordre bénédictin. A l'époque de sa fondation, l'île de Sainte-Lucie était gouvernée par une jeune princesse qui s'appelait Lucie. C'est elle qui a fondé l'ordre pour venir en aide aux pauvres et aux exilés qui n'avaient plus d'endroit où aller. L'ordre de Sainte-Lucie se développa jusqu'au dixième siècle, puis commença à décliner. Mais avec votre aide, sire Perceval, cet ordre va recommencer à se développer et se répandra jusqu'en Nouvelle-France. L'ordre des chevaliers de Sainte-Lucie a son siège à la Cité-du-Vieux-Fort dans le sud de l'île. Les chevaliers de Sainte-Lucie ont aussi un sanctuaire, avec une grande église et une hôtellerie. Et ils ont aussi des écoles qui sont réparties en Sicile, en Grèce, en Espagne et en Italie du sud, ainsi qu'une université et un séminaire de prêtres à Choiseul, une petite ville du sud-ouest de l'île de Sainte-Lucie.

Le roi Perceval dit alors à la princesse Marie-Luce :

- Ce récit sur les chevaliers l'ordre de Sainte-Lucie est extraordinaire. Lorsque je viendrai vous voir, à l'occasion de mon voyage en Arabie pour le couronnement du prince héritier Abdallah Housouyef, je vous demanderai de m'accepter dans l'ordre des chevaliers hospitaliers de Sainte-Lucie, afin que je puisse plus efficacement promouvoir cet ordre de chevalerie chrétienne.

La princesse Marie-Luce de Sainte-Lucie dit alors au roi Perceval :

- C'est une très bonne idée de demander votre admission dans l'ordre des chevaliers hospitaliers de Sainte-Lucie.

La princesse Marie-Luce de Sainte-Lucie partagea le repas de midi avec dame Mirabel, sire Perceval et sire Rodrigue.

A la fin du repas, elle leur déclara :

- Je suis très heureuse d'avoir pu vous parler de l'ordre des chevaliers de Sainte-Lucie et d'avoir fait votre connaissance, dame Mirabel et sire Perceval. Je dois maintenant vous quitter car il me faut regagner l'île de

Sainte-Lucie ce soir et mon amiral France-Daniel m'attend sur son navire *la Corne d'Or*.

Le roi Perceval lui dit :

- Ce fut un très grand honneur de faire votre connaissance, dame Marie-Luce. Votre récit sur les chevaliers de l'ordre de Sainte-Lucie m'a beaucoup intéressé et je me réjouis de venir vous voir sur l'île de Sainte-Lucie pour redonner vie à l'ordre des chevaliers de Sainte-Lucie. Soyez prudente et que Dieu vous bénisse et vous accompagne sur votre chemin de retour.

Ainsi s'achève le roman de sire Perceval et la princesse du Lac-des-Deux-Montagnes.

FIN

Le roi Perceval et la reine Mirabel vous attendent pour de nouvelles aventures dans un prochain roman.

TABLE DES MATIERES

PROLOGUE 7

CHAPITRE I 9
Le roi Perceval et le prince Nicolas des Iles d'Emeraude quittent le château de Saint-Nicolas et se rendent à Saint-George en Alascanie, chez le prince Jérôme

CHAPITRE II 16
Le roi Perceval et le prince Nicolas des Iles d'Emeraude arrivent à Saint-George, capitale de la principauté d'Alascanie et sont reçus au château d'Alascanie par le prince Jérôme

CHAPITRE III 28
Le prince Jérôme d'Alascanie fait découvrir une caverne avec des peintures rupestres datant de l'époque de la préhistoire au sire Nicolas des Iles d'Emeraude et au roi Perceval

CHAPITRE IV 43
Pendant ce temps en Europe, dans la partie ancienne du royaume du Saint-Graal, au château de la Forêt Mystérieuse, sire Daniel reçoit le prince Abdallah Housouyef d'Arabie et lui dit que le roi Perceval est en voyage diplomatique en Nouvelle-France

CHAPITRE V 52
Le roi Perceval et le prince Nicolas des Iles d'Emeraude prennent congé du prince Jérôme d'Alascanie et se rendent chez le prince Alexandre-Cosme d'Athabascanie

CHAPITRE VI 67
Le prince Alexandre-Cosme d'Athabascanie fait découvrir l'astronomie au prince Nicolas des Iles d'Emeraude et au roi Perceval

CHAPITRE VII 73
Le prince Alexandre-Cosme d'Athabascanie montre au prince Nicolas des Iles d'Emeraude et au roi Perceval un grand parc préhistorique avec de grands canards et de grands cygnes préhistoriques

CHAPITRE VIII 79
Le roi Perceval prend congé du prince Nicolas des Iles d'Emeraude et se rend en Assiniboinie où il rencontre le prince Gabriel

CHAPITRE IX 87
Le prince Alexandre-Cosme d'Athabascanie et le roi Perceval passent quelques jours en compagnie du prince Gabriel d'Assiniboinie

CHAPITRE X 102
Le prince Gabriel d'Assiniboinie et le roi Perceval prennent congé du prince Alexandre-Cosme d'Athabascanie et se rendent au parc préhistorique de Saint-Ambroise puis à l'abbaye cistercienne anachorétique de Notre-Dame-de-Saint-Ambroise

CHAPITRE XI 115
Le roi Perceval traverse la principauté du Val d'Or et rencontre le prince Daniel-Cosme du Val d'Or

CHAPITRE XII 123
Le prince Daniel-Cosme du Val d'Or emmène le roi Perceval à l'université où il assiste à une assemblée d'étudiants

CHAPITRE XIII 130
Le prince Daniel-Cosme emmène le roi Perceval à l'abbaye cistercienne anachorétique de Notre-Dame-de-la-Paix-du-Nord et lui fait découvrir un séminaire de formation de prêtres israélites. Le roi Perceval participe à deux conférences, l'une sur les dix commandements et l'autre sur le Symbole des Apôtres

CHAPITRE XIV 138
Le prince Daniel-Cosme du Val d'Or et le roi Perceval arrivent à la Cité-du-Lac-des-Deux-Montagnes et sont reçus par la princesse Mirabel de Nouvelle-France

CHAPITRE XV 144
La princesse Mirabel emmène le roi Perceval dans son second château à Sainte-Monique et exprime le désir de découvrir la partie ancienne du royaume du Saint-Graal qui est l'Europe

CHAPITRE XVI 150
L'amiral Christian rencontre son frère, le roi Perceval, en compagnie de la princesse Mirabel qui désire découvrir la France et l'Europe, partie ancienne du royaume du Saint-Graal

CHAPITRE XVII 156
La princesse Mirabel annonce à sa famille qu'elle va partir avec le roi Perceval

CHAPITRE XVIII 160
La princesse Mirabel et le roi Perceval quittent la Nouvelle-France pour l'Europe avec l'amiral Christian

CHAPITRE XIX 169
Le roi Perceval et la princesse Mirabel de Nouvelle-France arrivent au château de la Forêt Mystérieuse et le roi Perceval présente la princesse Mirabel à sa famille

CHAPITRE XX 176
La princesse Mirabel de Nouvelle-France et le roi Perceval préparent leur mariage. Le roi Perceval écrit au pape Joachim pour organiser la messe du mariage

CHAPITRE XXI 180
Le roi Perceval et la princesse Mirabel se marient. Le roi Perceval prononce son discours du trône et une conférence sur son odyssée en Nouvelle-France

CHAPITRE XXII 187
Le roi Perceval et la reine Mirabel partent en voyage de noces à Sorrente en Italie

ANNEXES 197